沒有女人的男人们

女のいない男たち

（日）村上春树 著

林少华　竺家荣　姜建强
岳远坤　陆求实　毛丹青

——

译

上海译文出版社

李家安 LEE JIA-AN

27. 08. 16.　SATURDAY

图书在版编目 (CIP) 数据

没有女人的男人们/(日)村上春树著;林少华等
译.—上海：上海译文出版社,2015.2 (2015.4重印)
ISBN 978-7-5327-6877-6

Ⅰ.①没… Ⅱ.①村… ②林… Ⅲ.①短篇小说—小
说集—日本—现代 Ⅳ.①I313.45

中国版本图书馆 CIP 数据核字(2014)第 299779 号

ONNA NO INAI OTOKOTACHI
by Haruki Murakami
Copyright © 2014 Haruki Murakami
All rights reserved.
Originally published in Japan by Bungeishunju Ltd. , Tokyo .

KOI SURU ZAMUZA
by Haruki Murakami
Copyright © 2013 Haruki Mutakami
Extract from "KOI SHIKUTE-TEN SELECTED LOVE STORIES"
published in Japan by Chuokoron-shinsha, Inc. , Tokyo .

Chinese (in simplified character only) translation rights arranged with
Haruki Murakami, Japan
through THE SAKAI AGENCY and BARDON - CHINESE MEDIA AGENCY.

图字：09-2014-964号

没有女人的男人们

〔日〕村上春树/著 林少华 竺家荣 姜建强 岳远坤 陆求实 毛丹青/译
责任编辑/姚东敏 装帧设计/任凌云

上海世纪出版股份有限公司
译文出版社出版
网址：www.yiwen.com.cn
上海世纪出版股份有限公司发行中心发行
200001 上海市福建中路193号 www.ewen.co
上海信老印刷厂印刷

开本890×1240 1/32 印张8.25 插页2 字数129,000
2015年2月第1版 2015年4月第2次印刷
印数：100,001—130,000册

ISBN 978-7-5327-6877-6/I·4164
定价：35.00元

目　录

驾 驶 我 的 车

林 少 华 ———— 译

❶ 原文是"ドライブ・マイ・カー"，来自于英文"Drive My Car"，这是英国摇滚乐队披头士于 1965 年发行的英国版专辑《Rubber Soul》(橡胶灵魂)中的一首歌曲，由乐队成员保罗·麦卡特尼 (Paul McCartney) 演唱，约翰·列侬 (John Lennon) 在歌词上亦有贡献。此曲还被收录于在美国发行的专辑《Yesterday and Today》中。在这两张专辑中，这首歌曲都是开头曲目。

　　女性驾驶的车以往坐过好几次。在家福看来，她们的驾车状态大致可分两类：或多少过于大胆，或多少过于小心，二者必居其一。后者比前者多得多——或许我们应该对此表示感谢。一般说来，女性驾驶员们开车要比男性认真和小心。不用说，情理上不应该对认真和小心说三道四。然而她们的开车状态有时可能使周围驾驶员心焦意躁。

　　与此同时，属于"大胆一方"的女驾驶员的大部分看上去好像深信自己开得好。她们大多时候瞧不起小心翼翼的女驾驶员们，以自己与之相反为自豪。不过，当她们大胆地改变行车线时，总好像没怎么注意到四周每一个驾驶员都叹息着或出言不逊地稍稍用力踩下刹车踏板。

　　当然，也有人哪一种也不属于。既不胆大乱来，又不小心翼翼。她们是普普通通的驾车女性。其中也有车技相当熟练的女性。但即使在那样的情况下，不知为什么，家福也还是时常感觉出紧张气息。至于具体如何，固然很难指出，反正坐在副驾驶座上，那种"不顺畅"的空气便传导过来，让他心神不定。或嗓子渴得出奇，或开始说些不说也无所谓的闲话来化解沉默。

　　男人里边，开车当然也有好的和不好的。但他们开起来不会让人产生紧张感。这并不是说他们多么放松。实际也可能紧张。可是他们似乎能将紧张感同自己的存在方式自然而然——大概下意识地——分离开来。一方面聚精会神开车，一方面在极为正常的层面上交谈和行动。仿佛在说那个是那个，这个是这个。至于那种区别来自哪里，家福不得而知。

在日常生活层面，他是不怎么把男性和女性区别考虑的。几乎感觉不到男女能力上的差异。由于职业关系，家福差不多和同等数量的男女共事。莫如说和女性共事时反倒让他心平气和。总体上她们注意细节，听觉也好。但仅就开车而言，坐女性开的车，总是让他意识到身旁把方向盘的是女性这一事实。不过他从未向谁说过这样的看法，觉得这不是适合在人前提起的话题。

因此，当家福谈起正在物色专属司机，而修理厂老板大场向他推荐一个年轻女驾驶员的时候，家福脸上没能浮现出多么欣喜的表情。看得大场笑了，就差没说心情可以理解。

"不过嘛，家福君，那女孩开车可是蛮有两手的。这个我绝对可以担保。哪怕见一见也好嘛，怎么样？"

"好，既然你那么说。"家福应道。一来他迫不及待需要司机，二来大场是可以信赖的人。已经交往十五年了。一头铁丝般的硬发，一副让人想到小鬼模样的长相。但事关汽车，听他的意见基本没错。

"为慎重起见，车轮定位系统要看一下。如果这方面没问题，后天两点能以完好车况交车。那时把她本人叫来，让她在附近试开一下如何？你要是不中意，直说就是。对我，根本不用顾虑。"

"年龄有多大呢？"

"估计二十五六。倒是没特意问过。"大场说。而后稍微皱了皱眉头，"刚才也说了，驾驶技术毫无问题，只是……"

"只是?"

"只是，怎么说好呢，多少有点儿古怪。"

"具体说来?"

"态度生硬，沉默寡言，没命地吸烟。"大场说，"见面就知道了，不是让人觉得可爱的女孩那一类型。几乎没有笑容。还有，说痛快些，可能有点儿丑。"

"那没关系。太漂亮了，作为我也心神不定，闹出风言风语就麻烦了。"

"那，说不定能行。"

"不管怎样，开车是真有两手吧?"

"那个毫不含糊。不是说作为女性而言，反正没得说的。"

"现在做什么工作?"

"这——，我也不大清楚。有时在便利店收款，有时开车上门送邮件——好像是靠这种短工混饭吃。另有条件合适的，随时都能一走了之。通过熟人介绍来找过我，可我这里也不那么景气，没有雇用新人的余地。只是需要的时候不时打个招呼罢了。不过人是非常靠得住的。至少滴酒不沾。"

饮酒话题让家福的脸蒙上阴云，右手指不由自主地伸到唇边。

"后天两点见见看!"家福说。冷淡沉默不可爱这点引起了他的兴致。

　　两天后的下午两点，黄色的萨博❶900❷开合式敞篷车修理完毕。车头右侧凹陷部位修复如初，漆也喷得仔细，几乎看不出接缝。引擎检修了，换挡杆重新调整了，制动片和雨刷也更新了。车身洗了，车轮擦了，蜡打了。一如往常，大场做事无可挑剔。这辆萨博，家福已连续坐了十二年，行驶距离超过十万公里。帆布篷也渐渐撑不起来了，下大雨的日子需注意篷隙漏雨。但眼下他无意买新车。大的故障从未有过，何况他对这车有种个人性钟爱。无论冬夏，他都喜欢敞着车篷开。冬天穿上厚些的风衣，脖子围上围巾；夏天戴上帽子和深色太阳镜，手握方向盘。一边享受上下换挡的乐趣，一边在东京街头穿行。等信号时间里悠悠然仰望天空，观察流云和电线杆上落的鸟。这已成为他生活方式不可缺少的一部分。家福围着萨博缓缓转了一圈，就像赛马前确认马匹身体情况的人那样，这里那里细细查看。

　　买这车的时候，妻还活着。车体的黄色是她选择的。最初几年经常两人一起出行。妻不开车，把方向盘总是家福的任务。远处也去了几次。伊豆、箱根、那须都去了。但那以后差不多十年来，车上几乎全是他一个人。妻死后，他倒是和几个女性交往过，但不知为什么，让她们坐副驾驶座的机会却一次也没有过。除了工作需要的时候，连城区都没离开过。

❶ SAAB，瑞典产小汽车。
❷ 萨博900是萨博汽车于1978年到1998年生产的车款，共有两代。1978—1993称为第一代"经典型（classic）"。1994—1998称为"新世代（new generation）"。

　　"这里那里到底有点儿憔悴了，不过还很结实。"大场像抚摸大狗脖子似的用手心轻轻摸着仪表盘。"信得过的车！这个时代的瑞典车，做得结结实实。电气系统倒是需要注意，但基本机械装置没有任何问题。检修得相当精心。"

　　家福在所需文件上签字。听对方解释付款通知单细目的时间里，那个女孩来了。身高一米六五左右。胖倒是不胖，但肩够宽的，体格敦敦实实。脖子右侧有一块橄榄大小的椭圆形紫痣。不过她好像对其裸露在外没什么抵触感。密密实实的一头乌发束在脑后以免其碍事。无论从哪个角度看都不能说是美女。而且如大场所说，完全素面朝天。脸颊多少有青春痘遗痕。眼睛蛮大，眸子清晰，不过总好像浮现出疑心重重的神色。也是因为眼睛大，颜色看上去也深。双耳又宽又大，俨然荒郊野外的信号接收装置。上身穿着就五月来说未免过厚的男款人字呢夹克，下身是褐色布裤，脚上是有欠谐调的黑色网球鞋。夹克下面是白色长袖 T恤。胸部相当丰硕。

　　大场介绍家福。她姓渡利，渡利岬。

　　"岬写平假名。如果需要，履历书倒是准备了……"她用不无挑战意味的语气说道。

　　家福摇头道："眼下还用不着履历书。手动挡会的吧?"

　　"喜欢手动挡。"她用冷淡的语声说。简直就像铁杆素食主义者被问及能否吃生菜时一样。

　　"旧车，没有卫星导航……"

"用不着。开车上门送过一段时间邮件，东京地图都在脑袋里。"

"那么，在这附近试开一下可好？天气好，车篷敞开吧。"

"去哪儿？"

家福想了想。现在位置是四桥一带。"从天现寺十字路口右拐，在明治屋地下停车场停车，在那里买点儿东西。然后上坡开去有栖川公园那边，从法国大使馆前面进入明治大街，再返回这里。"

"明白了。"她说。连路线也没有一一确认就从大场手里接过车钥匙，麻利地调整座席位置和车镜。哪里有什么开关，看样子她一清二楚。她踩下离合器踏板，大致试了试换挡装置。从夹克胸袋里掏出雷朋绿色太阳镜戴上，而后朝家福微微点了下头，示意准备就绪。

"卡带。"她看着车内音响自言自语地说。

"喜欢卡带。"家福说，"比 CD 什么的好伺候。又能练习台词。"

"好久没见到了。"

"刚开始开车的时候用的是八轨磁带（8－track）❶。"

渡利什么也没说。看表情她连 8－track 是什么东西好像都不知道。

一如大场所担保的，她是个出色的驾驶员。开车动作如行云流水，全然没有别别扭扭的地方。虽说路面拥挤，等信号的时候也不少，但她似乎一直注意让引擎保持一定的转速。这点看她视线的动向即可明白。

---

❶ 又叫八轨道磁带，在 20 世纪 60 年代中期至 70 年代末期首先流行于美国，也曾在英国短期流行过一段时间，之后被盒式磁带取代，1983 年完全停产。

一旦闭起眼睛，家福几乎感觉不出换挡的反复过程。只有细听引擎动静的变化，才勉强听得出挡与挡的差别。加油和刹车的脚踏方式也很轻柔和小心。尤其难得的是，这女孩开车当中始终身心放松。同她不开车时相比，倒不如说开车时更能让她消除紧张。表情的冷漠逐渐消失，眼神也多少温和起来。只是寡言少语这点并无变化。只要不问，便无意开口。

不过，家福没怎么介意。他也不太擅长日常性交谈。同对脾性的人进行实质性交谈并不讨厌，否则宁愿默不作声。他把身体沉进副驾驶座，半看不看地看着经过的街景。对于平时在驾驶座手握方向盘的他来说，这一视角下的街景让他觉得新鲜。

在交通量大的外苑西大街，她尝试几次侧方停车，最后做得恰到好处。直觉好的女孩，运动神经也出类拔萃。等长时间信号当中她吸烟。万宝路似乎是她喜好的牌子。信号变绿，她即刻把烟熄掉。开车当中不吸烟。烟头不沾口红。指甲没染。化妆好像几乎谈不上。

"有几点想问一下……"家福在有栖川公园一带开口说。

"请问。"渡利应道。

"开车在哪里学会的?"

"我是在北海道山里边长大的。十五六岁就开车。那是没车就没法生活的地方。山谷间的小镇，日照没多少，道路一年差不多有一半时间是冻着的。开车技术想不好也难。"

"可山里边不能练侧方停车的吧?"

对此她没有回答。大概因为问得太蠢，无需回答。

"急着请人开车的缘由，从大场先生那里听说了吧?"

渡利一边盯视前方，一边以缺乏抑扬感的声音说："您是演员，眼下每星期有六天要登台演出。自己开车赶去那里。地铁和出租车都不喜欢。因为想在车上练台词。可是最近发生了碰车事故，驾驶证被吊销了——因为多少喝了点酒，加上视力有问题。"

家福点头。感觉总好像在听别人做的梦。

"在警察指定的眼科医院接受检查，发现白内障征兆。视野里有模糊点，在右侧一角。以前倒是完全没有觉察……"

酒后开车这点，也是因为酒精量不很多，得以大事化小，没有泄露给媒体。但对于视力问题，事务所也不能听之任之。这样下去，右侧后方开来的车有可能进入死角看不见。于是通知他在复查有好结果出来之前，绝对不能自己开车。

"家福先生，"渡利问，"叫家福先生可以么? 是实姓吗?"

"实姓。"家福说，"姓倒是吉利，但好像没带来实利。能称得上有钱人的，亲戚中一个也没有。"

沉默持续有顷。而后家福告知作为私人司机能够支付给她的月薪数额。不是多大的数额。但已是家福事务所能够支出的极限。家福其名在某种程度上诚然为世人知晓，但并非在影视上领衔的演员，而在舞台能赚的钱毕竟有限。对于他这个级别的演员，虽说只限几个月，但雇用私人司机本身也是例外的大笔开销。

"工作时间不固定,全看日程安排。这段时间因为是以舞台为中心,所以整个上午基本没事,可以睡到中午。夜里再晚,也争取十一点结束。更晚的时候可以根据需要叫出租车。每星期保证给一天休息时间。"

"可以的。"渡利一口应允。

"工作本身我想不会多么劳累。难受的恐怕更是无所事事地等待时间。"

渡利对此也没表示,只是把嘴唇抿成一条直线。表情似乎在说,比那个更难受的,过去不知经历了多少。

"车篷敞开的时候,吸烟没关系。但关上的时候希望不要吸。"家福说。

"明白了。"

"你那边有什么希望?"

"没有什么。"她眯细眼睛,一边缓缓吸气一边换挡减速。然后说道:"因为这车让我中意。"

往下的时间,两人是在沉默中度过的。返回修理厂,家福把大场叫到身旁告知:"决定雇用她。"

从第二天开始,渡利成了家福的私人司机。下午两点半她来到家福位于惠比寿的公寓,从地下停车场里开出萨博,把家福送到剧院。若不下雨,车篷一直敞开。去的路上,家福总是在副驾驶座上听着磁带随之朗诵台词。那是以明治时期的日本为背景改编的契诃夫的《万尼亚舅舅》。他演万尼亚舅舅。所有台词早已倒背如流。但为了让心情镇静下来，他还是要天天重复台词。这已成为长期以来的习惯。

回程路上，家福一般听贝多芬的弦乐四重奏。所以偏爱贝多芬的弦乐四重奏，是因为那基本上是听不够的音乐，而且适于边听边想事或什么也不想。当他更想听轻音乐的时候，就听美国的老摇滚乐："沙滩男孩"（The Beach Boys）❶、"流氓乐队"（The Rascals）❷、克里登斯清水复兴合唱团（Creedence Clearwater Revival）❸、"诱惑合唱团"（The Temptations）❹ 都是家福年轻时流行的音乐。渡利对家福放的音乐不发表感想。至于那些音乐听起来是让她中意还是痛苦，抑或根本没听，家福哪个都无法判断。一个感情不形于色的女孩。

一般情况下，有人在旁边会紧张，很难出声练习什么台词。但对于渡利，家福可以不介意她的存在。在这个意义上，她的面无表情和冷

---

❶ 沙滩男孩，美国著名摇滚乐队，成立于 1961 年，全球唱片销量超过一亿张，是最成功的美国摇滚乐队之一，1988 年入选美国名人堂。

❷ 流氓乐队，美国著名碧眼爵士灵乐乐队，最初活跃于 1965 至 1972 年间。在 1966 至 1968 年间，乐队有 9 首单曲被列入由美国著名杂志《Billboard》发布的 Billboard Hot 100 排行榜前 20 位。1997 年 5 月 6 日，该乐队被授予摇滚名人堂奖。该奖项是西方摇滚界成就奖，致力于表彰历史上一些最具知名度和最具影响力的艺术家、制作人以及在一些重要层面通过摇滚乐形式影响整个音乐工业的人。

❸ 克里登斯清水复兴合唱团，简称 C.C.R，20 世纪 60 年代到 70 年代最受喜爱的一支超级摇滚乐队。他们的音乐植根于美国南方的民间音乐，早年的歌曲带有强烈的布鲁斯色彩。

❹ 诱惑合唱团，成立于 1961 年，是由美国底特律的两支本土男声合唱组合并、重组、更名后产生的一支黑人合唱团。许多人认为，他们对于灵乐的影响就像披头士对于摇滚乐的影响一样。他们获得过 3 次格莱美大奖，出过 4 张 Billboard 冠军专辑，拥有 14 首 Billboard 冠军单曲。到了 1982 年，他们的唱片销量就已经超过了 2 200 万张。在《滚石》杂志评出的最伟大的 100 位音乐人名单中，他们排在第 67 位。

漠，倒是求之不得。不管他在旁边如何大声念台词，渡利都好像全然充耳不闻。或许实际上也什么都没入耳。她总是把注意力集中在开车上。或者沉浸在开车带来的禅学境界中。

渡利从个人角度如何看待自己呢？家福同样无从判断。是约略怀有好意呢？还是毫无兴致、漠不关心呢？抑或讨厌得反胃却又为了这份工作而一忍再忍？连这个都不得而知。不过，无论她怎么想，家福都不很在意。他中意这个女孩顺畅而又精确的车技，不多嘴多舌不表露感情这点也合他的心意。

下了舞台，家福赶紧卸妆更衣，快步离开剧院。不喜欢磨磨蹭蹭不走。演员之间的个人交往几乎没有。用手机联系渡利，让她把车绕到后台门口。他到那里时，黄色萨博敞篷车已在等待。十点半稍过返回惠比寿公寓。基本天天如此周而复始。

有时会有其他工作进来。每星期必去一次城里电视台为电视连续剧配音。平庸的破案故事。但因收视率高，酬金也不错。他给帮助主人公女刑警的算命先生配音。为了彻底进入角色，他好几次实际换上衣服上街，作为真正的算命先生为过路行人算命，甚至有了算得准的好评。傍晚录完音，直接赶去银座的剧院。这个时间段最容易有闪失。周末结束白天的演出后，在演员培训学校为演技夜间班上课。家福喜欢指导年轻人。同样由她接送。渡利毫无问题，如约将他送到这里那里。家福也习惯坐在她驾驶的萨博副驾驶座上。甚至有时深睡不醒。

气候变暖后，渡利脱去人字呢男款夹克，换上薄些的夏令夹克。开车时，她总是穿两件夹克的一件，无一例外。想必用来代替司机制服。到了梅雨季节，车篷关合时候多了起来。

坐在副驾驶座的时候，家福常想去世的妻。不知为什么，渡利当私人司机以来，想妻想得频繁了。妻同是演员。比他小两岁，长相漂亮。家福大体算是"性格演员"，找到头上的角色也大多是略有怪癖的配角。脸形有些过于瘦长，头发从年轻时就已开始变稀。不适合演主角。相比之下，妻子是正统风格的美女演员，所给角色也好收入也好，都与之相应。不过随着年龄的增长，反倒是他作为个性演技派的演员在坊间受到更高评价。但两人仍相互承认各自的地位，人气和收入之差在两人间成为问题的时候一次也不曾有过。

家福爱她。从第一次见面时开始（他二十九岁）就一下子被她吸引住了。这种心情直到她去世（当时他四十九岁）也没变。结婚以来他从没跟妻以外的女人睡过。也不是没有那样的机会，可他没有产生想那么做的心情。

而另一方面，妻和他以外的男人睡过。仅家福知道的就有四人。就是说定期同她有性关系的对象至少有四个。妻对那种事当然只字未提，但他当即知道她在别处被别的男人抱过——那种直觉家福原本就不一般。何况如果真爱对方，那样的气味就算不情愿也觉察得出。就连对方是谁都从她说话语气中一听便知。她上床的对象必定是一起演电影的演员，而且往往比她年纪小。电影拍摄几个月，关系就持续几个月。拍摄一完，关系大体随之自然终止。同一情况以同一模式反复四次。

她为什么非同别的男人上床不可呢？家福很难理解。至今也未能理解。因为结婚以来，作为夫妻和作为生活伴侣一直保持良好的关系。只要有时间，两人就畅所欲言地谈各种事，尽可能做到信赖对方。无论精神上还是性生活上，他都觉得两人脾性相投。周围人也把他们作为理想的好夫妻看待。

然而她和别的男人上床。为什么呢？妻活着时一咬牙问明白就好了，他时常这样想。实际上也曾话到嘴边差点儿出口：你到底在他们身上寻求什么？我到底有什么做得不够？那是妻去世前几个月的事。可是，面对身受剧痛折磨与死抗争的妻，他到底没办法说出口。这样，她在什么也没解释的情况下，从家福所住的世界消失了。未提出的疑问，未给予的回答。他一边在火葬场拾妻的遗骨，一边在无言中深深思索，甚至有谁在耳边对他说什么都没听见。

想像妻被别的男人抱在怀中的情景，对于家福当然很不好受。不可能好受。一闭上眼睛，形形色色的具体影像就在脑海中忽而涌现忽而消失。他不愿意想像那东西，却又不能不想。想像如锋利的尖刀缓慢而无情地把他切碎。有时他甚至心想，倘若一无所知该有多好！但他的基本想法和人生姿态是：无论在任何情况下，知都胜于无知。不管带来多么剧烈的痛苦，都必须知道那个。人只有通过知道才能坚强起来。

然而，比想像更痛苦的，是在得知妻所怀有的秘密的同时还要照常生活以免对方察觉自己已然知晓。一边撕肝裂肺任凭里面流淌看不见的血，一边总是面带平和的微笑；若无其事地处理日常杂务，泰然自若地说话交谈，在床上抱妻求欢——这在作为血肉之躯的普通人怕是做不到的。但家福是职业演员。离开活生生的自己完成表演是他的生意。他演得极卖力气。一种面对空场的表演。

不过，只要除了这点——除了妻时而偷偷和别的男人上床这一事实——两人的婚姻生活大体是心满意足风平浪静的。工作方面双方一帆风顺，经济上也够稳定。在近二十年的婚姻生活当中，两人做爱次数无可胜数。至少以家福的观点看，那是别无缺憾的。妻患子宫癌转眼去世之后，他碰上了几个女性，随波逐流地和她们同床共衾。但他没能从中发现同妻交欢时感到的那种浑融无间的快慰。发现的只是仿佛将以前经历过的东西重新描摹一遍的温吞吞的既视感。

他所属的事务所需要酬金支付正式文件，遂请渡利写了住址、原籍、出生年月日和驾驶证号码。她住在北区赤羽一座出租楼，原籍为北海道＊＊郡上十二瀑镇，刚满二十四岁。至于上十二瀑位于北海道哪边，镇有多大，那里住着怎样的男女，家福全然揣度不出。不过，二十四岁这点让他心有所觉。

家福有个只活了三天的孩子。女孩儿，第三天深夜在医院保温室死了。心脏毫无征兆地突然停止跳动。天亮时，婴儿已经死亡。医院方面解释说，心脏瓣膜先天有问题。但这种事他和妻无从确认。再说，就算弄明白真正的死因，孩子也不可能起死回生。幸也罢不幸也罢，名字还没确定。假如那孩子活着，正好二十四岁。在无名孩子的生日那天，家福总是一个人合掌悼念，想孩子如果活着应到的年龄。

　　那么突如其来地失去孩子，两人当然深受伤害。其中出现的空白又重，又暗。振作起来需很长时间。两人闷在家里，几乎在无声中送走了大部分时间。因为一开口就可能说出烦心话来。妻开始常喝葡萄酒。他有好长一段时间异常热衷于练书法。在雪白的纸上黑乎乎挥笔写出各种各样的汉字，他觉得仿佛隐约看见自己心的结构。

　　由于相互扶助，两人得以一点点克服伤痛，度过了那一危险时期。他们开始比以前更多地将精力集中在各自的工作，近乎贪婪地进入分配给自己的角色。"对不起，再不想要孩子了！"她说。他表示同意：明白了，就再不要孩子好了，你想怎样就怎样好了。

　　回想起来，妻同别的男人有性关系，是在那以后。或许孩子的失去激起了她身上的那种欲望。但这终究不过是他的猜测，无非或许而已。

　　"有一点问问可以么？"渡利说。

　　漠然思索着眼望周围风景的家福吃惊地看着她。一起在车上坐两个月了，渡利主动开口极为罕见。

　　"当然可以。"

　　"您为什么要当演员呢？"

　　"上大学的时候，被女友拉进了学生剧团。并不是一开始就对演剧有兴趣。本来想进棒球部来着。高中时代我是正式头号游击手，对防守很有自信。但我考上的大学的棒球部，对我来说水平有点儿过高。所以，就怀着不妨一试的轻松心情进了剧团，也是因为想和那个女友在一起。不料，经过一段时间，渐渐觉得自己喜爱上了表演。表演起来，能够成为自己以外的什么。而表演完后，又能返回自己本身。这很让我高兴。"

"高兴能成为自己以外的什么？"

"如果知道还能返回的话。"

"没有不想返回原来的自己的时候？"

家福就此思索。被人这么问是第一次。道路拥堵。他们正在首都高速公路上朝竹桥出口行驶。

"此外别无返回的地方啊！"家福说。

渡利没有就此发表见解。

沉默持续了一阵子。家福摘下头上的棒球帽，查看其形状，重新戴回。在安有无数轮子的大型拖车旁边，黄色的萨博敞篷车看上去甚是虚幻，简直就像油轮旁边漂浮的小游艇。

"也许多余，"渡利开口了，"可就是放不下。问也可以的么？"

"请。"家福应道。

"您为什么不交朋友呢？"

家福朝渡利的侧脸转过好奇的目光："你怎么知道我没有朋友呢？"

渡利略微耸了耸肩："每天迎送差不多两个月了，这点事还是知道的。"

家福饶有兴味地看了一会儿拖车巨大的轮子。然后说道："那么说来，过去就没有什么能称为朋友的结交对象。"

"从小就这样?"

"不，小时候当然有要好的朋友。一起打棒球、游泳。但长大以后，就不怎么想交朋友了。尤其婚后。"

"因为有太太，所以朋友就没有多大必要了，是吗?"

"或许。我们也是好朋友。"

"多大年龄时结婚的?"

"三十岁的时候。同演一部电影，就相识了。那时她是准主角。我倒是配角。"

车在拥堵中一点一点前行。一如往常，上高速公路时车篷总是合上。

"你滴酒不沾?"家福这么问一句来转换话题。

"体质上好像接受不了酒精。"渡利说，"母亲那人常常因酒出问题。可能也和这个有关。"

"你母亲现在也在出问题?"

渡利摇了几下头："母亲去世了。喝得大醉还开车，方向盘打错了，猛地蹿出路面，撞在树上。几乎当场死掉。我十七岁时的事。"

"可怜。"家福说。

"自作自受。"渡利说得干脆利落，"那种事迟早非出不可。或迟或早，只这个差别。"

沉默有顷。

"你父亲呢?"

"在哪里都不知道。我八岁的时候他离家走了,那以后再没见过,联系也没有。母亲一直为这个责怪我。"

"为什么?"

"家里就我一个孩子。要是我是个漂亮可爱的女孩儿,父亲不至于离家,母亲总是这么说,说正因我生来就丑,所以扔下不管了。"

"你根本不丑。"家福以平静的声音说,"只是你母亲愿意那么想。"

渡利再次耸了下肩:"平时倒也不那样,可一旦喝了酒,母亲就啰嗦个没完没了,同一件事重复来重复去。作为我相当受伤害。倒是我不好,说实话,死的时候我舒了口气。"

接下去的沉默比刚才长。

"你可有朋友?"家福问。

渡利摇头:"没有朋友。"

"为什么?"

她没有回答。眯细眼睛,定定注视前方。

家福闭起眼睛想稍睡一会儿,但睡不着。车开开停停,每次她都小心换挡。相邻车道的拖车如巨大的宿命阴影一样或前或后伴着萨博。

"我交最后一个朋友差不多是十年前的事了。"家福放弃睡觉,睁开眼睛,"说是类似朋友的人可能更为准确。对方比我小六七岁,也是个极好的家伙。爱喝酒,我也跟着喝,边喝边东拉西扯。"

渡利微微点头,等待下文。家福略一迟疑,断然说出口来。

"实不相瞒，他跟我老婆睡了一段时间。他不知道我已经知道。"

渡利费了些心思才弄明白家福的意思。"就是说，那人和您的太太发生性关系了？"

"正是。三个月或四个月时间里，估计他跟我老婆发生过几次性关系。"

"您怎么会知道呢？"

"她当然瞒着，但我就是知道。解释起来话长，反正不会错。绝不是我想入非非。"

停车时间里，渡利用双手正了正后视镜。"太太同那个人睡觉这点，没有妨碍您和他成为朋友？"

"莫如说相反。"家福说，"所以和他成为朋友，是因为老婆和他睡了。"

渡利闭嘴不语，等待解释。

"怎么说好呢……我想弄明白：老婆是为什么跟他上床的？为什么非跟他上床不可？起码这是最初的动机。"

渡利深深呼吸，胸部在夹克下面缓缓隆起、下沉。"心情不会不好受吗？明知他和太太睡过却又一起喝酒聊天……"

"不可能好受。"家福说，"不愿意想的事也难免想，不愿意想起的事也想起了。但我可以演剧，那是我的工作。"

"变成另一个人。"渡利说。

"不错。"

"再返回原来的自己。"

"正是。"家福说,"不愿意也得返回。但返回时同原来站的位置多少有所不同。那是规则。不可能完全和原来一样。"

下起了细雨。渡利动了几下雨刷。"那么您可理解了?理解为什么太太和他睡了?"

家福摇头道:"不,没能理解。他拥有而我不拥有的东西,我想是有几个的。或许莫如说,想必有好多。至于是其中哪个俘虏了她的心,却搞不清楚。毕竟我们并不是在那么细小的大头针尖层面上行动的。人与人的交往,尤其男女之间的交往,怎么说呢,其实是整体性问题。暧昧、任性、痛切。"

渡利就此思考良久。而后说道:"不过,即使不能理解,也能和他继续是朋友,是吧?"

家福再次摘下棒球帽,这回放在膝头,用手心一下下按着帽顶。"怎么说合适呢,一旦开始认真表演,找出终止的时机就变得困难起来。哪怕再是精神折磨,在表演的意义没有采取应有的形式之前,也是没办法中断其流程的。如同音乐没到达既定和声就不能迎来正确的结尾……我说的你可明白?"

渡利从盒中抽出一支万宝路叼在嘴上;但没有点火。车篷关合时她绝不吸烟,只是叼着。

"那时间里您太太也跟那个人睡来着?"

"不,没睡。"家福说,"若弄到那个地步,怎么说呢……那可就实在过于技巧性了。我和他成为朋友，是在我老婆去世不久之后。"

"和他真的成为朋友了？还是终究不过是表演呢？"

家福就此思索。"兼而有之。那条界线我本身也渐渐模糊起来。所谓认真表演，就是那么一种情形。"

从第一次见面开始，家福就得以对那个男子怀有类似好意的情感。他姓高槻，高个头，长相端庄，即所谓奶油小生。四十刚过，演技不怎么出众，存在本身也谈不上有味道。所演角色有限。大体演的是给人以好感的风度翩翩的中年男士。总是面带微笑，而侧脸又时而沁出一丝忧郁。在上年纪的女性中有根深蒂固的人气。家福在电视台休息室偶然和他碰在一起。那是妻去世半年后的事。高槻来到他跟前自我介绍，表示悼念。他以真诚的神情说虽然仅仅一次，但和您太太一起演过电影，当时没少承蒙关照。家福表示感谢。从时间顺序上说，据他所知，高槻处于同妻有性关系的男人名单的最后。和他的关系结束不久，她在医院接受检查，发现子宫癌已经到了相当严重的程度。

"有个不情之请。"大体寒暄完了时家福主动开口。

"什么事呢？"

"如果可能，您能给我一点时间吗？想一边喝酒一边聊聊关于内人的往事什么的。内人时常讲起您。"

突然听得这话，高槻显得相当惊愕，说震惊或许更为接近。他微微皱起有形有样的眉头，谨小慎微地注视家福的脸，仿佛在说是不是话里

有话。但他没有从中读出特别意图。家福脸上浮现出任何同朝夕相处的
妻子刚刚死别的男人都可能浮现出的沉静的表情，一如波纹扩展完后的
池塘水面。

"作为我，只想希望有人能和我谈谈妻子的事。"家福补充道，"一
个人待在家里不动，老实说，心里时常难受。对您肯定是个麻烦……"

高槻听了，似乎多少放下心来：看样子关系没有受到怀疑。

"不不，谈不上什么麻烦。若是那样的时间，对我是求之不得的。
如果我这样无聊的交谈对象也可以的话……"说着，高槻嘴角漾出淡淡
的微笑，眼角聚起优雅的皱纹。那是非常迷人的微笑。家福心想，假如
自己是中年女性，肯定脸颊发红。

高槻在脑袋里迅速翻动日程表。"明天晚间我想可以有充裕的时间
见面。您的安排如何？"

家福说明天晚间自己也空着。不过这家伙感情相当外露，家福为之
惊叹，直直盯视他的双眼，仿佛可以看到另一侧去。没有扭曲的地方，
坏心眼也好像没有。不是半夜挖一个深洞等谁通过那一类型。作为演员
倒是难成大器。

"地点哪里好呢？"高槻问。

"地点您定。您指定的地方，无论哪里我赶去就是。"家福说。

高槻举出银座一家有名的酒吧的名字，说那里只要预订包厢，就能
畅所欲言，谁都不会听见。家福知道那家酒吧的位置。随后两人握手道
别。高槻的手很柔软，手指细细长长。手心暖暖的，似乎出了一点点

汗。大概紧张的关系。

他离开后，家福在休息室椅子上弓身坐下，展开握过的手心，目不转睛地看着。高槻手的感触在那里活生生留了下来。那手、那手指曾抚摸妻的裸体，家福想，缓缓地、不放过任何部位地。而后闭目合眼，深深地长长地喟叹一声。往下自己究竟要做什么呢？但不管怎样，他不能不做那个。

在酒吧安静的包厢里，喝着麦芽威士忌的家福得以理解了一点，那就是高槻至今仍似乎为自己的妻所强烈吸引着。对于她的死、她的肉体已被烧成骨灰这一事实，高槻好像还没能顺利接受。他的心情家福也能理解。谈起妻的往事过程中，高槻的眼睛时而隐约闪出泪花。看得家福不由得想伸出手去。这个人不能很好地掩饰自己的心情。稍微用话一套，当即合盘托出。

从高槻口气听来，通告终止两人关系的似乎是妻这方面。估计她告诉高槻"我们最好别再见面了"。实际也不想见面了。关系持续几个月，要找个时机彻底终结，不能拖而不决。据家福所知，那是她的外遇（可以这样称呼吧）模式。可是高槻那边似乎还没有轻易同她分手的心理准备。他大约想在两人间保持恒久关系。

癌症末期进入城内一家晚期病人收容所之后，高槻曾联系说想来看望，那也被一口回绝了。妻住院以来，几乎不和任何人见面。除了医护人员，允许进入病房的只有她母亲、妹妹加上家福三人。看样子，高槻似乎为一次也没能来看她感到遗憾。高槻得知妻患癌症，是她去世几个星期前的事。对他来说，那简直是晴天霹雳般的通知，那一事实至今也没被顺利接受。那种心情家福也能理解。可是自不用说，他们怀有的感情并不完全相同。家福天天看着妻彻底憔悴不堪的临终样子，又在火葬场拾了她雪白的遗骨，得以通过相应的接受阶段。这是很大的不同。

简直像是由我安慰这个人了——交换往日回忆时间里，家福心里想道。假如妻目睹这样的光景，到底会如何感觉呢？想到这里，家福产生一种难以言喻的心情。可是，死去的人恐怕不会再想什么、再感觉什么了。以家福的观点看来——只是家福的观点——这是死的一个好处。

还有一点也印证了：高槻有饮酒过量的倾向。由于职业关系，家福见过许多饮酒过量的人（为什么演员们会如此热衷于饮酒呢？），而高槻无论怎么看都难以说是属于健全、健康那类饮酒者。若让家福说，世间饮酒者可大体分为两类：一类是为了给自己追加什么而不得不饮酒的人；一类是为了从自己身上消除什么而不得不饮酒的人。高槻的饮酒方式明显属于后者。

他要消除什么呢？家福不得而知。大概仅仅因为性格懦弱，也可能因为往日受过的心灵创伤。或者因为当下实际遇到的麻烦事亦未可知。抑或是这一切的混合物也说不定。但不管怎样，他身上有"如果可能，想忘掉的什么"。他是想忘掉那个，或为缓解那个催生的痛苦而不由自主地送酒入口。家福喝一杯时间里，同样的酒高槻已喝了两杯半。速度相当快。

　　或许，喝酒速度快是因为精神紧张。毕竟是和自己曾经偷偷睡过的女子的丈夫单独对饮。不紧张才怪了。但不仅仅如此，家福想，也许他这人原本就只能这么喝酒。

　　家福一边观察对方的表现，一边按自己的步调慎重地喝着。几杯过后，对方紧张多少缓解的时候，他问高槻结婚了没有。对方回答结婚十年了，有个七岁的男孩儿。但因故去年就分居了。估计不久就要离婚，届时孩子的抚养权应是大问题。不能自由见到孩子，这无论如何都要避免，毕竟对自己是必不可少的存在。他给家福看了孩子照片。一个长相蛮好的看样子老实的男孩儿。

　　一如大多数习惯性饮酒者，酒一落肚，嘴巴就轻快起来。甚至不该说的事也在人家问都没问的情况下主动一吐为快。家福大体上是听者角色，和颜悦色地应和着，该安慰时就斟酌词句安慰一句。同时尽可能多地搜集关于他的信息。家福做得仿佛自己对高槻怀有极大的好意。这绝不是难事。因为他天生善于倾听，而且实际上也对高槻怀有好意。加之两人有一个共同点：至今仍为一个死去的美女情有不舍。立场固然不同，但同样不能填补这个缺憾。所以很谈得来。

　　"高槻君，要是愿意，再在哪里见面可好？很高兴能和你交谈。许久没能有这样的心情了。"分别时家福说。酒吧的钱家福事先付了。反正必须有谁付款那样的念头在高槻脑海里好像压根儿就没出现。酒精让他忘掉了各种各样的事，可能包括若干大事。

　　"当然愿意！"高槻从酒杯扬起脸说，"但愿还能相见。和你说话，我也觉得堵在心口的东西多少消除了。"

"能和你这么见面怕是某种缘分吧!"家福说,"说不定是去世的妻子引见的。"

在某种意义上,这是真的。

两人交换了手机号码,握手告别。

如此这般,两人成了朋友,成了情投意合的酒友。两人互相联系着见面,在东京城内这里那里的酒吧喝着酒谈天说地。一起吃饭则一次也没有。去处总是酒吧。家福没见过高槻往嘴里放过下酒菜以外的东西,以致他觉得这人没准几乎不正经吃饭。而且,除了偶尔喝啤酒,从未要过威士忌以外的酒。单一麦芽威士忌是他的偏爱。

虽然交谈的内容林林总总,但中间肯定谈到家福的亡妻。每当家福讲起她年轻时的趣闻,高槻总是以真诚的神情侧耳倾听,就好像收集和管理他人记忆的人。意识到时,家福本身也为那样的交谈乐在其中。

那天夜晚,两人在青山一家小酒吧喝酒。那是位于根津美术馆后面小巷深处的一家不起眼的酒吧。一个四十光景的寡言少语的男子总在那里当调酒师,墙角装饰架上有一只灰色的瘦猫睡得弓成一团,似乎是在此住下不走的附近的流浪猫。老爵士乐唱片在唱机转盘上旋转着。两人中意这家酒吧的气氛,以前也来过几次。约好见面时,不知何故,每每下雨。这天也下着霏霏细雨。

"的确是再好不过的女性!"高槻边说边看着桌面上的双手。作为迎来中年阶段的男人的手，手足够好看。没有明显的皱纹，指甲修剪也不马虎。"能和那样的人一起生活，你一定很幸福。"

"是啊，"家福说，"你说的不错，我想应是幸福的。不过，惟其幸福，心情难受的事也是有的。"

"例如那是怎样的事呢？"

家福拿起加冰威士忌玻璃杯，一圈圈摇晃不算小的冰块。"没准会失去她。一想像这个，就胸口作痛。"

"那种心情我也十分明白。"

"怎么明白？"

"就是说……"高槻寻找准确的字眼，"说的是她那样再好不过的人的失去。"

"作为泛泛之论？"

"是啊，"说着，高槻像说服自己本身似的点了几下头。"总之是只能想像的事。"

家福保持一会沉默。尽可能使之长些，长到极限。而后开口了："但归根结底，我失去了她。活着的时候一点点不断失去，最后失去了一切。就像由于侵蚀而持续失去的东西，最后被大浪连根卷走一样……我说的意思你明白？"

"我想我明白。"

不，你不明白！家福心中想道。

"对我来说比什么都难受的，"家福说，"是我没能真正理解她——

至少没能真正理解恐怕是关键的那一部分。而在她死了的现在，想必要在永远不被理解中结束了，就像沉入深海的坚固的小保险箱。每当想到这点，胸口就勒得紧紧的。"

高槻就此思索片刻。然后开口道："不过，家福君，完全理解一个人那样的事，我们果真能够做到吗？哪怕再深爱那个人！"

家福说："我们差不多共同生活了二十年。以为我们既是夫妻，又是可以信赖的朋友，以为可以相互畅所欲言无话不谈。起码我是这样想的。然而，实际上也许不是那样的。怎么说好呢……可能我身上有一个类似致命的盲点那样的东西。"

"盲点。"高槻说。

"我或许看漏了她身上某种宝贵的东西。不，就算亲眼看见，也可能实际上看不见那个。"

高槻久久咬着嘴唇。而后喝干杯里剩的酒，让调酒师再来一杯。

"心情不能明白。"高槻说。

家福定定看着高槻的眼睛。高槻对着那视线看了一会儿，而后转过眼睛。

"明白？怎么个明白法儿？"家福静静地问。

调酒师拿来另一杯加冰威士忌，将湿润膨胀的纸杯垫换成新的。这时间里，两人保持沉默。

"明白？怎么明白？"调酒师离开后，家福再次问道。

高槻左思右想，眼睛中有什么在微微动摇。此人在困惑，家福推测，正在这里同想就什么合盘托出的心理剧烈争斗。但最终，他总算在自己内心控制住了那种动摇。并且这样说道："我的意思是说，女人在想什么，我们一清二楚基本上怕是不大可能的。无论对方是怎样的女性。因此，我觉得好像不是你有什么盲点，不是那样的。假如说那是盲点，那么我们的人生全都有大同小异的盲点。所以，我觉得你最好还是不要那么责备自己。"

家福对他的说法想了一会儿。"不过，那终究不过是泛泛之论。"

"说的是。"

"我现在谈的是死去的妻和我的事，不希望你那么简单归结为泛泛之论啊！"

高槻沉默了好一阵子。转而说道："据我所知，你的太太实在是好得不得了的女性。当然，我所知道的，我想都不及你关于她所知道的百分之一。可我还是这样深信不疑。能和那么好的人一起生活二十年，无论发生什么你都是应该感谢的，我由衷地这么认为。问题是，哪怕再是理应相互理解的对象、哪怕再是爱的对象，而要完完全全窥看别人的心，那也是做不到的。那样追求下去，只能落得自己痛苦。但是，如果那是自己本身的心，只要努力，那么努力多少就应该能窥看多少。因此，说到底，我们所做的，大概是同自己的心巧妙地、真诚地达成妥协。如果真要窥看他人，那么只能深深地、直直地逼视自己。我是这么认为的。"

这些话似乎是从高槻这个人身上某个幽深的特别场所浮上来的。尽

管可能仅是一瞬之间，但他终究打开了封闭的门扇。他的话听起来是发
自内心的无遮无拦的心声。至少那不是表演。这点显而易见。他并非那
么擅长表演的人。家福不声不响地盯视对方的眼睛。高槻的眼睛这回没
有避开。两人久久地相互对视。并且在对方的眸子中发现了遥远的恒星
般的光点。

两人仍握手告别。走到外面，正下着细弱的雨。身穿驼绒色风衣的
高槻伞也没撑就走进雨中。他消失之后，家福一如往常盯视一会儿自己
的右手。同时心想：那只手爱抚妻的裸体来着。

但不知何故，即使这么想，这天也没有产生窒息般的感觉。只是觉
得那种情况恐怕也是有的。大概也是有那种情况的。说到底，那不就是
肉体吗？家福自言自语，不就是很快变成小小的骨和灰的东西吗？更值
得珍惜的东西肯定在此之外。

假如那是盲点，那么我们的人生全都有大同小异的盲点。这句话久
久回响在家福耳中。

"和那个人作为朋友交往了很久？"渡利盯着前方车列问道。

"朋友式交往大致进行了半年。每月在哪里的酒馆见面两三次，一
起喝酒。"家福说。

"后来再也不见了。约我的电话打来也不理睬。我这边也不联系。
一来二去，电话也不再打进来了。"

"对方会觉得不可思议吧?"

"或许。"

"说不定受伤害了。"

"有可能。"

"为什么突然不见了呢?"

"因为表演的必要已经没有了。"

"因为表演的必要没有了,所以作为朋友的必要也没有了,是吧?"

"那也是有的。"家福说,"不过也因为别的。"

"别的是怎样的?"

家福沉默良久。渡利依然叼着没有点火的香烟,瞥了一眼家福的脸。

"想吸烟,吸也可以的。"家福说。

"哦?"

"点火也可以的。"

"车篷还关着……"

"没关系。"

渡利放下车窗,用车上的打火机点燃万宝路。随即深深吸了一口,香甜地眯起眼睛。在肺里留了片刻,而后缓缓吐出窗外。

"要命的哟!"家福说。

"那么说来,活着本身就是要命。"渡利说。

家福笑了。"倒是一种想法。"

"第一次见您笑。"渡利说。

给她这么一说，或许真是那样，家福心想。并非演技的笑真可能时隔好久了。

"一直想说来着，"他说，"细看之下，你非常可爱，一点儿也不丑。"

"谢谢！我也不觉得丑，只不过长相不很漂亮罢了。就像索尼亚。"

家福约略惊讶地看着渡利："看了《万尼亚舅舅》?"

"成天零零碎碎没头没脑听台词时间里，就想了解是怎样的故事。好奇心在我也是有的。"渡利说，"'啊，讨厌，忍无可忍，为什么生得这么不漂亮呢？实在讨厌死了！'一个悲情剧，是吧?"

"无可救药的故事。"家福说，"'啊，受不了，救救我吧！我已经四十七了。假如六十死掉，往下还必须活十三年。太长了！那十三年该怎么熬过呢？怎么做才能填埋一天又一天呢?'当时的人一般六十就死了。万尼亚舅舅没生在这个时代，也许还是幸运的。"

"查了查，您和我父亲同年出生。"

家福没有应声，默默拿起几盒磁带，细看标签上写的曲目。但没有放音乐。渡利左手拿着点燃的香烟，伸出窗外。车列慢慢悠悠往前移动。只在换挡需要两只手时，渡利才把烟暂时叼在嘴里。

"说实话，本想设法惩罚那个人来着。"家福坦言，"惩罚那个和我太太睡觉的家伙。"说着，把磁带盒放回原处。

"惩罚?"

"想给他点厉害看看。打算装出朋友的样子让他消除戒心，那期间找出类似致命弱点的东西，巧妙地用来狠狠收拾他！"

渡利蹙起眉头，思索其中的含义，"你说的弱点，具体指的什么？"

"具体还不清楚。不过，是个喝起酒来就放松警惕的家伙，那时间里总会找出什么来。就以那个作为凭据，制造出让他失去社会信用的问题——比如丑闻——那不是什么难事。那一来，调停离婚时孩子的监护权就基本得不到了。那对他是难以忍受的事，有可能一蹶不振。"

"够惨的啊！"

"啊，是够惨的。"

"因为那个人和您的太太睡了，所以报复他？"

"和报复多少有所不同。"家福说，"不过我的确横竖忘不掉。想忘来着，做了不少努力。可就是不成。自己的太太被别的男人抱在怀里的场景在脑海里挥之不去，总是去而复来。就好像失去归宿的魂灵始终贴在天花板一角监视自己。本以为妻死后随着时间的流逝，那东西很快就会消失。然而没有消失，反倒比以前更执著了。作为我，需要把它打发去哪里。而为了这个目的，必须把自己胸中怒气那样的东西化解掉。"

家福心想，自己为什么跟来自北海道上十二瀑镇的年龄同自己女儿相仿的女子说这样的话呢？可是一旦说开头，就没办法停顿下来。

"所以要惩罚那个人。"女孩说。

"是的。"

"但实际上什么也没做，是吧？"

"啊，没做。"家福说。

渡利听了，似乎多少放下心来。她轻叹一口气，把带火的香烟直接抛去窗外。在上十二瀑镇，想必大家都这么做。

"倒是解释不好，反正在某个时候突然什么都变得无所谓了。就像附体的幽灵一下子掉了似的。"家福说，"再也感觉不到愤怒了。或者那本来就不是愤怒，而是别的东西也不一定。"

"不过对您来说，毫无疑问那是好事，我想。毕竟没有伤害别人，不管用什么形式。"

"我也那么想。"

"但您太太为什么和那个人上床，为什么非是那个人不可，您还没有把握住吧?"

"噢，我想还没有。那东西仍是剩在我心间的一个问号。那个人是个没有阴暗面的、感觉不错的家伙。像是真心喜欢我的太太，并不是单纯出于欢娱同她睡觉的。对她的死，受到由衷的打击。死前想去探望而被拒绝也作为创伤留在了心里。我不能不对他怀有好感，甚至真想和他成为朋友来着。"

说到这里，家福暂且止住，开始跟踪心的流势，寻找能多少接近事实的话语。

"不过，说痛快些，不是什么了不得的家伙。性格或许不差，一表人才，笑容也不一般。至少不是见风使舵的人。但不足以让人心怀敬意。正直，但缺少底蕴。有弱点，作为演员也属二流。相比之下，我的太太是个有毅力、有深度的女性，能够慢慢花时间静静思考问题。却不知何故，居然为什么也不是的男人动心，投怀送抱。这是为什么呢？这点至今仍像一根刺扎在心头。"

"在某种意义上，您甚至觉得那是针对自己的侮辱——是这样的吧？"

家福略一沉吟，老实承认："或许是的。"

"您太太大概并没有为那个人动什么心吧？"渡利极为简洁地说，"所以才睡。"

家福像看远处风景似的呆呆看着渡利的侧脸。她迅速动了几下雨刷，除掉挡风玻璃上沾的雨滴。一对新换的雨刷，仿佛口出怨言的双胞胎发出刺耳的吱呀声。

"女人是有那种地方的。"渡利补充一句。

话语浮不上来，家福沉默不语。

"那就像是一种病，家福先生，那不是能想出答案的东西。我的父亲抛弃我们也好，母亲一个劲儿伤害我也好，都是病造成的。再用脑袋想也无济于事。只能由自己想方设法吞下去、坚持活下去。"

"而我们都在表演。"家福说。

"我想是那么回事，多多少少。"

家福把身体深深沉进皮革座椅，闭起眼睛，将神经集中一处，尽力感受她换挡的节奏。但那到底是不可能的。一切都那么顺畅和静谧。耳畔传来的只有引擎旋转声的细微变化，一如往来飞舞的蜂蝶振翅声。忽而临近，倏而远离。

　　家福想睡一会儿。深睡了一阵子。睁眼醒来。十分或十五分，也就那样。他再次上台表演。沐浴着灯光，口诵既定的台词。接受掌声，幕布落下。暂且离开自己，又返回自己。但返回的位置同原来的不尽相同。

　　"睡一会儿。"家福说。

　　渡利没有回应，继续默默开车。家福感谢她的沉默。

昨　　天

竺家荣 —— 译

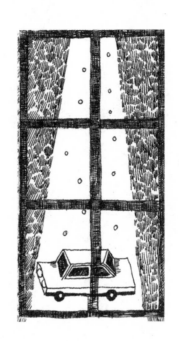

据我所知，用日语（而且是关西腔）给披头士的《昨天》（Yesterday）[●]
填词的人，只有这位名叫木樽的哥们。他只要一泡澡，便会扯着嗓子大
唱这首歌。

　　昨天，是明天的前天，
　　是前天的明天。

我只记得开头好像是这么两句，无奈是多年以前的事了，还真说不
准到底是不是这两句了。反正不管你怎么听，他那歌词从头至尾都没啥
意义可言。总之就是毫无品位，跟人家原来的歌词整个一风马牛不相及
的玩意。充其量是将一首耳熟能详的忧郁而动听的旋律，和有那么点无
忧无虑的——或者应该说是毫不伤春悲秋的吧——关西腔的韵味，大胆
地排除了有益性的奇妙拼合而已。至少我当时是这么感觉的。现在想
来，我既可以把它当做滑稽的恶搞一笑了之，也可以从中读取某些隐含
的信息。不过，当时我听他唱那首歌，只觉得好笑死了。

木樽虽然说着一口在我听来很纯正的关西腔，其实是土生土长的东
京都大田区田园调布人。而我和他正相反，地地道道的关西人，却说着

● 披头士乐队的一首著名歌曲，最早出现在披头士乐队 1965 年的专辑《Help!》中，由保罗·麦卡特尼创作完成，
至今已有超过 2 200 个翻唱版本，是 20 世纪被改编、演奏、播放最多的一支乐曲。

一口标准的普通话（东京方言）。从这个角度来看，我们俩真不愧是一对儿奇妙的组合。

和他相识是在早稻田正门附近的咖啡馆打工的时候。我在后厨干活，木樽是服务生。一闲下来，我俩就凑到一起聊天。我俩都是二十岁，生日只相差一个星期。

"木樽这个名字很少见啊。"我说。

"那是，咱这名字特少见吧。"木樽说。

"以前罗德❶有个同名的投手。❷"

"哦，那个人呀，跟我可八竿子打不着。不过，这个姓太稀罕了，也说不定什么地方能跟他扯上那么点关系呢。"

那个时候，我是早稻田大学文学部的二年级学生，他是浪人❸，在读早稻田的补习学校。问题是，都已经是二浪❹了，却根本瞧不出他在努力备考。一有空他就看一些与考试无关的闲书。诸如吉米·亨德里克斯（James Marchall Jimi Hendrix）❺的传记啦，象棋棋谱啦，或是《宇宙是怎么形成的》之类的。据他说，这都要怪从大田区的自家走读了。

---

❶ 一支日本职棒太平洋联盟的球队，成立于 1950 年，当时队名是每日猎户星队，1958 年与大映联合队合并，更名为大每猎户星队，1964 年更名为东京猎户星队，1969 年更名为罗德猎户星队，1992 年更名为千叶罗德海洋队，沿用至今。

❷ 指的是木樽正明。木樽正明（Kitaru Masaaki，1947 年 6 月 13 日— ），日本棒球选手，出生于千叶县铫子市，曾效力于日本职棒罗德猎户星队等，守备位置为投手，于 1976 年退役，生涯通算 112 胜纪录。

❸ 这里指升学失败，赋闲在家的人。

❹ 两次升学失败的人。

❺ 詹姆斯·马歇尔·吉米·亨德里克斯（1942 年 11 月 27 日—1970 年 9 月 18 日），著名美国音乐人兼创作歌手，被公认为是流行音乐史上最伟大的电吉他演奏者。

"你家在大田？我一直以为你是关西人呢。"我说。

"错，错，咱可是生在田园调布，长在田园调布的啦。"

我听了惊诧不已。

"那你为什么说一口关西话呢？"

"后天学的呗。来它个一念发起❶！"

"后天学的？"

"就是玩命学的呀。也就是正儿八经地学习动词、名词、语音语调什么的呗。这和学习英语或是法语之类的外国语言，从根儿上说是一码事。我还专门去了好几趟关西实地学习呢。"

我简直钦佩得不行。竟然有人像学习英语或是法语一样"后天"习得关西腔，真是闻所未闻。我不禁感慨东京到底是人多地广，觉得自己就跟《三四郎》❷似的缺少见识。

"我从小就是狂热的阪神老虎❸球迷。只要东京有阪神老虎的比赛，我绝对去看。可是吧，就算我穿着竖条纹的队服去外野拉拉队的坐席区，人家一听你是东京口音，根本不搭理你。这意思就是说，拉拉队不要我。我一气之下，发誓要学会关西腔，就这么着苦学起来，累得我都快吐血了。"

---

❶ 佛教用语。由发菩提心而生起归依佛、法、僧之一念，以趋向菩提。

❷ 夏目漱石的小说。三四郎是主人公的名字，小说描写了一位乡下青年小川三四郎来到东京，受到现代文明和现代女性的冲击，不知所措的窘态。与《后来的事》和《门》构成爱情悲剧三部曲。

❸ 日本职业棒球队，日本最古老的职业俱乐部之一，总部设在甲子园西宫（位于日本兵库县）以及中央联盟。该队的帽子标志与纽约洋基队非常相似，队员也经常穿着相似的细条纹队服。

"这么点动机就让你学会了关西腔?"我大为惊讶。

"可不嘛。跟你这么说吧,阪神老虎,就是我的一切。从那以后,我不管在家里还是在学校,一律只说关西话,就连睡觉说梦话都是关西腔的。你觉得怎么样,我的关西腔够标准的吧?"

"那是当然,就跟关西人一个样。不过,你说的并不是阪神之间的关西腔吧。而是大阪市内的,相当靠市中心的口音。"我说。

"哟呵,你还真能听出来啊。高中暑假的时候,我去大阪的天王寺区家庭寄宿(homestay)❶过。那儿可真是个好玩的地方。走着都能去动物园。"

"家庭寄宿啊。"

"我要是像学关西腔那么玩命地投入备考的话,也不至于当第二回浪人哪。"木樽自嘲道。

我也觉得是这么回事。一旦迷上了某件事,便一头扎进去不出来,这一点也像极了关西人。

"那么,你是哪儿人?"

"神户附近。"我说。

"神户附近地方大了,到底是哪儿啊?"

"芦屋。"我说。

"不错的地方嘛。早告诉我不就得啦。还绕这么大个弯子。"

---

❶ 此处特指住在外国人家中。

我解释说，别人一问我的出生地就说是芦屋的话，别人会以为我是有钱人家的孩子。虽说大家都是住在芦屋，但生活状况是参差不齐的。我家就不是什么有钱人。父亲在制药公司工作，母亲是图书馆管理员，房子又小，开的车子也是辆奶油色的丰田卡罗拉。所以，别人问我住在哪儿时，为了不给人先入为主的印象，总是回答"在神户附近"。

"噢，是这么回事啊，这么说，你和我正好相反喽。"木樽说，"我也跟你一样，虽说是住在田园调布，可我家其实是田园调布最破烂的地方，我家的房子，那也是相当的破烂。你啥时有空来玩玩吧。你看了，肯定吃惊得瞪大眼睛说'这就是田园调布吗''不会吧'什么的。可是，老在乎这些有什么用啊。家不过是个住的地方罢了。所以，初次见面我就劈头盖脸地告诉人家，咱是土生土长在田园调布的耶，怎么着吧。就这样。"

我对他佩服得五体投地。于是我俩就像朋友般的交往起来。

我来东京以后，就不说关西话了，这是出于下面几个想法。我在高中毕业之前一直说关西话，从来没有说过东京话。可是，来东京一个月后，当我意识到自己已经流畅自然地操着这种新语言说话时，非常吃惊。或许我（自己也没有意识到）本来就具有变色龙的天性吧。要不就是对于语言的音感好得超乎常人。不管什么原因吧，反正即便我说自己是关西人，也没有一个人相信。

还有一个重要原因就是，我想要脱胎换骨，变身为全然不同的一个人，这个欲望使我放弃了关西话。

考上东京的大学后，乘坐新干线赴京的一路上，我都在思考。回顾十八年一路走来的人生，发生在我身上的事情，大部分都是令我羞耻的。我并没有夸大其词。说实话，差不多都是让我不堪回首的过往。我越是回想过去，就越是对自己这个人感到厌恶。当然也有些许美好的回忆，我不想否认这一点。虽说也不是没有一点值得自豪的经历，但是，从数量之比来看，让我脸红的事、让我无地自容的事要多得多。回想自己过去的生活方式和思考方式，可以说平庸至极、悲惨至极到无法形容，大多不过是些缺乏想象力的、中产阶级的破烂玩意。我恨不得把这些破烂团成一团，塞进一个巨大的抽屉里去，或者一把火烧成灰烬（尽管不知道会冒出什么样的烟来）。总之，我想要让过去的一切都化为零，让自己变成另外一个人，在东京开始新的生活。我要在东京尝试开拓自己新的可能性。因此，在我看来，抛弃关西腔，掌握新的语言，也是为了实现这个目标的具体（同时也是象征性的）手段。因为，最终是我们使用的语言塑造了称之为“我们”的这群人。至少十八岁时的我，是这样以为的。

“你所说的羞耻的事是什么？什么事让你感觉这么羞耻呢？”木樽问我。

“所有的事。”

“和家人关系不好吗？”

“也不是不好。就是觉得羞耻。和家人在一起本身就觉得羞耻。”

"真是个莫名其妙的家伙。和家人在一起有什么可羞耻的？你看看我，在家里欢乐着呢。"

我没有说话。我不知道该怎么说明。如果问我奶油色的丰田卡罗拉车哪里让你羞耻的话，我还真答不上来。其实只不过是觉得房子前面的路太窄，还有父母对于讲排场、买好车没有兴趣而已。

"由于我不爱学习，父母每天都唠叨我。听这些叨叨当然不舒服，不过，那也是没有办法的事。因为唠叨我就是他们的工作。这种事，睁一只眼闭一只眼就得了。"

"还是你想得开。"我很羡慕地说。

"有女朋友吗？"木樽问道。

"现在没有。"

"这么说以前有过了？"

"不久前吧。"

"分手了？"

"是啊。"

"因为什么分手的？"

"这个说来话长。我现在不太想说。"

"芦屋的女孩儿？"

"不是。不是芦屋的。她住在夙川。离得比较近。"

"她跟你上床了吗？"

我摇摇头。"没有，没有跟我上床。"

"因为这个分手的?"

"原因之一吧。"我想了想,回答道。

"这么说,只差最后一道防线了?"

"是啊,就差一点。"

"具体到哪一步了呢?"

"我不想谈这个。"

"这也是你说的'羞耻的事'之一吧?"

"是的。"我说。这也是我不想回忆的事情之一。

"你小子还真是个奇妙透顶的家伙啊。"木樽感慨地下了结论。

我第一次听到木樽高唱自己填词的那首奇妙的《昨天》,是在田园调布他家的浴室里。(他家既不是位于他所说的那样破烂的地区,也不是那么破烂的房子。只是位于很普通的地区的很普通的房子。虽然旧了些,可比我在芦屋的家大。只是不那么漂亮而已。顺便说一下,他家的车是不久前流行的深蓝色的高尔夫。)他回家后头一件事就是钻进浴室,而且老半天也不出来。所以,我也经常拿个小圆凳,往更衣处一坐,透过门缝跟他说话。他这毛病起因于不逃进浴室里的话,就得听他母亲的叨叨(不外乎是对不好好学习的特立独行的儿子没完没了的抱怨)。在浴室里,他大声地为我——也不能断定是为我——披露了这首自己填写了搞笑歌词的歌曲。

"你的歌词哪有什么意思啊?反正我听起来纯粹是糟改人家《昨

天》。"

"瞎说。我哪里糟改它了？退一步说，就算是糟改了，没有品位原本不就是约翰❶所追求的吗？你说对吧？"

"《昨天》的作词作曲可是保罗❷。"

"有这事？"

"没错。"我断言，"保罗一个人创作了这首歌，自己一个人进录音棚，弹着吉他唱的。后来才加入了弦乐四重奏。其他成员都没有参与创作。因为其他三个人觉得，这首歌对于披头士这个组合而言过于轻柔婉约了。尽管名义上是列侬＝麦卡特尼创作。"

"哼，我可没有你那么渊博的知识。"

"这算什么知识。地球人都知道的。"我说。

"嗨，管它呢。这些鸡毛蒜皮的事，无所谓的。"木樽坐在热气腾腾的浴缸里，悠然自得地说道，"我只是在自己家的浴室里唱歌，又不打算出什么唱片。也没有侵害别人的版权，影响到别人。凭什么唱个歌也要挨你的数落呀。"

然后，他以非常适合于浴室氛围的洪亮声音唱起了高潮部分，就连高音部也唱得极为怡然自得。"直到昨天，那个女孩子，还好端端地在那里……"什么的，乱七八糟地瞎编一通，同时两只手还轻轻拍打着洗

❶ 约翰·列侬，披头士乐队成员之一。
❷ 保罗·麦卡特尼，披头士乐队成员之一。

澡水，加入啪叽啪叽的水声伴奏。我要是也跟着他一起拍巴掌伴奏，就更好玩了，可惜我怎么也提不起那份兴致。别人在泡澡，我干坐在外面一个小时，隔着玻璃门陪着他扯东扯西，这种时候谁还有那好心情啊。

"真是服了，你在里面怎么泡得了那么长时间啊。皮肤不会泡起皱吧？"

我自己泡澡时间一向是很短的。让我老老实实地泡在浴缸里，想想都厌倦。因为泡澡的时候，既不能看书，也不能听音乐。没有这些陪伴，我就不知该如何打发时间。

"长时间泡澡的话，头脑会得到放松，就能想出特别好的主意来。灵光一现。"

"你所谓的好主意，就是像那个《昨天》的歌词之类的吧？"

"那个也算是其中之一吧。"木樽说。

"不管是好主意还是其他什么的，你有那个闲工夫，应该更上点心去备考啊！"

"喂喂，你也是个没劲的家伙。怎么跟我老妈说话一个腔调呀。年纪轻轻的，不要说这种老生常谈的话好不好。"

"可是，两年浪人，你还没当够吗？"

"当然当够啦。我也想早点成为大学生，彻底放松身心地玩一玩。也想和她好好约会呢。"

"那就再加把劲复习功课吧。"

"可是吧，"木樽拉着长腔说道，"我要是行的话，早就努力了。"

"其实大学是个挺无聊的地方。进去之后就会感到失望,这不假。不过呢,如果连这地方都进不去,不是更没意思吗?"我说。

"高论! 正确得真真让我没话可说。"木樽道。

"可是,你为什么就是不学习呢?"

"因为没有动力啊。"木樽说。

"动力? 想要和她好好约会,不就是非常大的动力吗?"我说。

"可是吧,"木樽说道,之后他的喉咙里挤出半似叹息半似呻吟的声音,"这个嘛,就说来话长了,我这个人好像有那么一点分裂哦。"

木樽有一个从小学就很要好的女朋友。算是青梅竹马的女友吧。虽说两人是同年级,可女友一毕业就考上了上智大学的法语专业,还加入了网球同好会❶。木樽给我看过她的照片,属于那种只看一眼就让人不禁想要吹口哨的漂亮女孩。身材没的说,面部表情也非常生动。不过两个人现在却难得见上一面。他俩商量好了,在木樽考上大学之前,还是稍微克制一下,以免因为谈恋爱影响木樽复习考试。提出这个建议的是木樽。"既然你这么说,就依着你吧。"她也就同意了。虽然打电话很有的聊,但约会最多一周一次。而且与其说是约会,更像是见面。二人只是一起喝喝茶,聊聊最近的情况,拉拉手,浅浅地接接吻而已,绝不再做进一步的事。少见的守旧。

---

❶ 爱好者协会,联谊会。

　　木樽虽说算不上多么帅气，但样貌长得还是挺清秀的。个头不太高，却是身形颀长，无论发型还是衣着品位都堪称雅致脱俗。如果他沉默不语，绝对是个十分有教养和审美感的都市青年。和她站在一块儿，那才叫般配的一对儿呢。硬要挑毛病的话，由于他的五官整体上太过精致，有可能会给人留下"这个男人似乎缺乏个性或自我"的印象。然而，一旦他开口说话，这美妙的第一印象就如同被生龙活虎的拉布拉多寻回犬踏平的沙城一般，瞬间崩塌。其娴熟流利的关西腔，以及高亢响亮的嗓音，总是震慑得对方目瞪口呆。总之，其外表与内在的反差实在太大了。就因为如此巨大的落差，起初见到他的时候，我也是好一阵子适应不了。

　　"喂，没有女人，你每天不觉得无聊吗？"一天，木樽问我。

　　我回答"不觉得无聊"。

　　"我说，谷村，你要是无聊的话，想不想跟我的女友认识一下啊？"

　　我一时没有反应过来木樽想说什么。就问："认识一下是什么意思？"

　　"她可是个不错的女孩子噢。长得漂亮不说，性格也温顺，脑子又聪明。这一点我打包票。你跟她一起肯定没有亏吃。"

　　"我倒是不认为会吃什么亏。"我仍然搞不清他到底想说什么。"不过，我为什么一定要和你的女朋友认识呢？不明白你的意思。"

　　"因为你是个好人啊。不然的话，我怎么会特意给你这个建议呀。"

　　这句话说了也等于没说。我是个好人（如果确实如此的话），与跟木樽的女友交往到底有什么因果关系呢?

"惠理佳(这是他女友的名字)和我是从当地同一所小学,一直上到同一所中学,再到同一所高中的。"木樽说道,"总而言之,到目前为止的人生,我们俩几乎是形影不离地走过来的。自然而然就成了情侣,我们的关系也被周围的人认可了。无论是朋友们,还是父母或老师。我们两个人就这样亲密无间地一直好到了今天。"

木樽把自己的两个手掌紧紧贴合在一起。

"如果我们俩照这样顺利地进入大学的话,人生就毫无遗憾,皆大欢喜了。可是,我大学考砸了,这个你也知道。打那以后,搞不清哪里出了问题,反正好多事一点点变得不那么顺当了。当然这怪不得别人,都得怪我自己不给力。"

我默默地听着。

"因此,我刚才说自己分裂成了两半。"木樽说道。然后松开了合拢的手掌。

"怎么分裂成了两半?"我问道。

木樽盯着自己的手心看了片刻后,说道:"就是说,一个我焦虑万分,忧心忡忡。当我还在拼命地上补习学校,复习考试的时候,惠理佳正享受着美好的大学生活,正在噼里啪啦打网球什么的呢。说不定她现在已经有了新欢,正和其他男人约会呢。一想到这些,我就觉得自己在渐渐被她抛弃,脑子里一片混乱。你明白我的心情吧?"

"能明白。"我说道。

"可是吧，另一个我，反倒因此稍微松了口气。就是说，我在想，如果我们俩没有一点磕绊、心想事成地作为一对相爱的情侣，顺顺溜溜地享受我们无忧无虑的人生的话，将来会变成什么样子呢？与其那样，还不如趁现在早点分手，各走各的路呢。要是走着走着发觉还是需要对方的话，再复合也未尝不可呀。也就是说，我觉得也不是没有这样的可能性。你明白我的意思吗？"

"好像明白，又好像不太明白。"我回答。

"就是说吧，大学毕业后，我在某个公司就职，然后和惠理佳结婚，在大家的祝福下结为夫妻，生养两个孩子，让孩子们进入我们熟悉的太田区田园调布的小学，星期日全家人一起去多摩川边郊游，之后就像《Ob‑La‑Di, Ob‑La‑Da❶》里描述的一样……我也知道这样的人生没有什么不好，但是人生真的可以这样一帆风顺、一马平川地舒舒服服度过吗？在我内心深处也有这样的担忧。"

"顺心如意、生活美满幸福，对你来说却成为了问题，你是这个意思吗？"

"差不多可以这么说吧。"

事事如意、生活美满到底成为了什么问题，我还是一头雾水，但如果继续追问的话，恐怕不是三言两语说得完的，我就没有往下追问。

"这个先不谈了，到底为什么我必须和你的女友交往呢？"我问道。

------

❶ 披头士乐队的一首歌曲。

"既然由着她和别的男人交往，那不如介绍给你小子呀。对你这个人，我也知根知底，还可以随时从你嘴里打听到她的情况。"

尽管我不觉得他说的合情合理，但是对于见见木樽女友这事我还是蛮有兴趣的。看照片，她是个貌美如花的女人，再加上我很好奇这样的好女孩何以会看上木樽这么个没谱的男人。尽管我从小就内向，好奇心却格外的旺盛。

"那么，你和她到什么程度了？"我探问道。

"你是问做爱吗？"

"当然了。突破最后防线了吗？"

木樽摇摇头。"那是做不到的。我们俩从小就一起玩大的，所以吧，什么脱衣服啦，抚摸身体啦，正儿八经地做这些事，我总觉得特别不好意思。换做别的女孩子，我倒不会有这种感觉，可是，把手伸进她的内裤里，就连想象一下都觉得是件不光彩的事情。这个你明白吧？"

我摇摇头。

木樽说："当然也接吻、拉手什么的，也隔着衣服抚摸过胸部，但这些都是在半开玩笑半嬉戏的情况下才做到的。尽管有时候也会兴奋，但再往前一步的话，实在没有那样的气氛。"

"什么气氛不气氛的，这是一种自然而然的行为，在某种程度上，这不是需要男人努力去达成的吗？"我说道。人们称之为性欲。

"不行，我们可做不到。我们的情况很难做到像你说的那样。说起来容易做起来难哪。比如自慰的时候吧，你一般都会想象某个具体的女孩子吧?"

"可以这么说吧。"

"可我就是做不到想象惠理佳来自慰。因为我觉得不应该那么做。所以,在那种时候,我就想象其他的女孩子。想象那些不是很喜欢的女孩子。你对这个怎么看?"

我思考了一下,却得不出像样的结论来。对于别人自慰时脑子里想的什么,我实在说不好,就连对我自己想的什么,很多时候都说不清楚。

"不管怎么说,咱们三个人就试着一起见个面吧。然后再好好考虑考虑也可以。"木樽最后说道。

我和木樽的女友(全名是栗谷惠理佳)于星期日下午,在田园调布站附近的咖啡店见了面。她和木樽一样身材高挑,脸晒得很黑,穿着熨烫得很平整的白色短袖上衣,深蓝色的超短裙。一看就是那种出身山手地区的家教良好的女大学生模本。她本人跟照片上一样漂亮。她那美丽的相貌自不必说,最吸引我的,还是她身上那股子坦率而鲜活的生命力。

木樽给我和女友互相做了介绍。

"明君也有朋友啦,这可太好了。"栗谷惠理佳感叹道。木樽的名字是明义。管他叫明君的,全世界只有她一个人。

"你也太夸张了吧。咱还能没有朋友吗?"木樽说。

"你得了吧。"栗谷惠理佳嘎嘣脆地反驳他。"就你这德行，谁愿意跟你交朋友啊。明明是东京长大的，非要说关西话，一张嘴说话就好像故意拿人家开涮似的，而且除了谈论阪神老虎和象棋棋谱不知道别的，你这样的怪人，和一般人怎么可能合得来呢。"

"你要是这么说的话，这哥们也相当异类呢。"木樽指着我说，"他是芦屋出身，却说一口东京话。"

"他这种情况不是挺常见的吗？至少比反过来的多呀。"

"喂喂，你这是文化歧视噢。所谓文化，不应该是等值的吗？东京方言凭什么就应该比关西话高贵呀？"

"我告诉你，它们也许是等值的，但是，明治维新以来，东京话就成了日本语的标准语了。其证据就是，塞林格的《弗兰妮与祖伊》（Franny and Zooey）❶ 的关西腔翻译并没有出版，对吧？"

"出版的话，我肯定买。"木樽说。

我可能也会买的，但是我没吭声。这种时候，最好还是少说话。

"不管怎么说，作为一般社会常识，就是这样的。难道明君的脑子里只有乖僻的偏见（bias）吗？"

"乖僻的偏见到底是什么东西？我倒是觉得，文化歧视才是更有害的偏见呢。"木樽反唇相讥。

栗谷惠理佳聪明地变换了话题，以免继续抬杠下去。

---

❶ 塞林格于 1961 年出版的中短篇小说。

"我参加的网球同好会里有一个芦屋来的女孩子。"她对我说道，"她叫樱井瑛子。你认识她吗?"

"认识。"我答道。樱井瑛子，是个身材细高的女孩子，长着个与众不同的鼻头。父亲经营着一个很大的高尔夫球场。她给我感觉特别矫揉造作，性格也不太好，而且胸脯平坦。只不过网球一直打得不错，经常参加比赛。可以的话，我不想再见到她。

"这个家伙人不错，可是呢，现在没有女朋友。"木樽对栗谷惠理佳说。他说的正是我。"长得虽然一般般，但很有教养，还挺有头脑，比我强多了。懂得也特别多，喜欢看那些深奥的书。他这个人，一看就是那种健康小伙，身体肯定不会有啥毛病的。总之我觉得他是个前途远大的好青年。"

"这好办。我们俱乐部里也新来了几个很可爱的女孩子，我可以介绍给他认识认识。"

栗谷惠理佳说道。

"不用不用，我不是这个意思。我是想说，你能不能和这家伙交往一下啊? 我是个浪人，做你的伴侣觉着有点吃力。我这么说，你可能不爱听，我的意思是，这个家伙，应该可以成为你的好伴侣，这样我也能放心了。"

"能放心了，是什么意思呢?"栗谷惠理佳问道。

"就是说吧，我了解你们俩，比起你和那些不知来路的男人交往，当然你和他我更放心啦。是吧?"

栗谷惠理佳眯起眼睛，仿佛在细看一幅远近距离不太成比例的绘画一般，目不转睛地盯着木樽的面孔。然后缓缓开口说道："就因为这个，你希望我和这位谷村君交往吗？因为他是个很不错的人，所以明君很认真地提出要我们像恋人那样交往，是这样吗？"

"这也不算是个坏主意吧。难道说，你已经有其他男人了吗？"

"没有啊。说什么呢。"栗谷惠理佳平静地回答。

"那就和他交往一下，不是挺好吗。就像进行文化交流那样。"

"文化交流？"栗谷惠理佳重复道，然后看了看我。

现在无论我说什么都不会有好果子吃，所以一直缄口不言。我手里拿着咖啡小勺，仔细欣赏着小勺柄上的图案，就像鉴定埃及古墓出土文物的博物馆馆员一样。

"你所谓的文化交流是怎么一回事？"她问木樽。

"就是说吧，从稍微不同的视角去接触一下，对于咱俩也不是什么坏事……"

"不同的视角，就是你所谓的文化交流？"

"所以吧，我的意思是说……"

"不用说了。"栗谷惠理佳打断他的话，断然说道。如果面前有支铅笔的话，保不齐她会掰成两截的。"既然明君这么说了，那么我就进行一下这个文化交流吧。"

她喝了一口红茶，然后把咖啡杯放回碟子上，转过身来，面对我微笑着说："那么，谷村君，既然明君都这么提议了，什么时候咱俩就约会约会吧。这事多美好啊。约在哪天好呢?"

我不知该说什么好。在关键的时候说不出话来是我的一个老毛病了。即便住所变换,语言改了,这个根本问题总也解决不了。

栗谷惠理佳从包里拿出一个红色皮面笔记本,翻开看了看时间安排:"这个周六,你有空吗?"

"周六没有什么安排。"

"那就定在这个周六了。那咱们去哪儿呢?"

"这家伙爱看电影。有朝一日给电影写剧本是他的梦想。还参加了剧本研究会呢。"木樽对栗谷惠理佳说。

"那咱们就去看电影吧。你想看什么电影啊?我特别害怕看恐怖片,除了恐怖片之外,什么电影我都可以跟你一起看。"

"这家伙吧,胆子特别特别小。"这回木樽又对我说道,"小时候,我们俩去后乐园的空房子里玩的时候,虽然和我拉着手,可是她……"

"看完电影,咱们去吃饭吧。"栗谷惠理佳打断木樽的话,对我说道。然后在纸片上写下她的电话号码递给了我。"这是我家的电话号码。见面地点和时间什么的,你定下来后告诉我,好吗?"

那时候由于我没有电话(请各位理解,这可是手机连影子还没有的时代),就把打工的店里的电话给了她。然后我看了看手表,用尽量开朗的声音说道:"抱歉,我得先走一步了。今天要赶写一份小论文,明天要交的。"

"不就是小论文吗,着什么急啊。好不容易三个人见个面,再多待一会儿不行吗？这附近有特别好吃的荞麦面店呢。"

栗谷惠理佳没有表态，我把自己那份咖啡钱放在桌子上，说："是一篇很重要的小论文。很抱歉。"其实根本没有那么重要。

"明天或后天，我给你打电话。"我对栗谷惠理佳说。

"我等你电话。"她说完，朝我嫣然一笑，那笑容美丽无比。在我看来，美得不像是真人的微笑似的。

我丢下二人，走出咖啡店，朝车站走去，一边走一边问自己："我到底在这里干什么呢？"某件事情一旦定下来之后，我常常会陷入为什么要这样决定的纠结，这一点也是我的老毛病之一。

那个星期六，我在涩谷车站和栗谷惠理佳见了面，一起看了以纽约为舞台的伍迪·艾伦（Woody Allen）❶ 的影片。这是因为上次见到她时，感觉她可能会喜欢伍迪·艾伦那类的电影。而且我估计，木樽应该不大会带她来看这样的电影。幸运的是，电影很好看，走出电影院时，我们俩都很愉快。

我们在夕阳映照下的街道上漫步之后，走进了一家位于樱丘的小型意大利餐厅，要了匹萨，喝了基安蒂酒❷。这是一家非常平民的价格适

---

❶ 伍迪·艾伦（1935 年 12 月 1 日— ），本名艾伦·斯图尔特·康尼斯堡（Allen Stewart Konigsberg），美国电影导演、编剧、演员、作家、剧作家和音乐家，其职业生涯已逾 50 年。艾伦的电影独具风格，范畴横跨戏剧、脱线性喜剧，是美国在世最受尊敬的导演之一。
❷ 产于意大利基安蒂地区的驰名世界的红葡萄酒。

中的店。灯光暗下来后，餐桌上点燃了蜡烛。（当时的意大利餐厅都是点蜡烛的。餐桌的桌布是格子布的。）我们俩聊了很多。犹如大学二年级学生第一次约会时（大概可以叫做约会吧）那样。聊的是关于刚才看的电影内容、自己的大学生活、兴趣爱好等等。比预想的聊得投机，她好几次出声大笑起来。不是我自吹，本人似乎具有非常自然地逗女孩子发笑的才能。

"我听明君说，谷村君不久前，和大学时代的女友分手了，是吗？"栗谷惠理佳问我。

"嗯。交往了三年，可是没有结果。很遗憾。"

"明君说，你和女友没有结果是因为性。他还说，怎么说好呢……你希望的东西，她没有能够给你。"

"有这个原因。但不只是这一点。如果从心里喜欢她的话，我觉得也是可以忍耐的。就是说确信自己喜欢她的话。可是我没有这个确信。"

栗谷惠理佳点了点头。

"即便跟她发生了关系，结果可能也是一样的。来到东京后，我们之间有了距离，渐渐地分歧就突显出来了。虽然分手很遗憾，但也是没有办法的事。"我说道。

"这种感觉很难受吗？"她问道。

"这种感觉指什么？"

"原来是两个人，现在突然变成一个人了。"

"有时候吧。"我诚实地回答。

"不过，年轻的时候经历这样一些寂寞孤单的时期，在某种意义上也是必要的吧？对于一个人的成长来说。"

"你这么看吗？"

"这就和树木要想茁壮成长必须抗过严冬是一样的。如果气候老是那么温暖，一成不变的话，连年轮都不会有吧。"

我想象起了自己内心的年轮。看上去就和三天前做的年轮蛋糕(Baumkuchen)❶ 差不多。我这么一说，她笑了。

"的确，这样的时期对于人来说或许是需要的。不过，要是能够知道这个时期什么时候结束，就更好了。"我说道。

她微微一笑："放心吧。你很快就会找到心上人的。"

"那当然好了。"我说道。那是最好不过的了。

栗谷惠理佳一个人沉思了一会儿。这期间，我一个人吃着送上来的匹萨。

"那个，谷村君，有个事想跟你商量一下。可以吗？"

"当然可以。"我说道。立刻又想到，哎呀，要坏事。别人动不动就会对我提出有重要的事情商量，也是我最常遇到的麻烦之一。而且，栗谷惠理佳将要跟我商量的事，对我而言是最不愉快的一类"事情"，我已经猜个八九不离十了。

"我心里很矛盾的。"她说道。

---

❶ 源自德国，外形如树桩，切开有层层年轮状的花纹，号称德国蛋糕之王。

"我想谷村君也看得出来，木樽已经是二浪了，可实际上他根本没有好好复习考试，补习学校也是三天打鱼两天晒网的。所以我估计明年高考他也没什么戏。其实如果降低一点标准的话，也可以上个大学的，但不知为什么，他就认定早稻田了。固执地认为自己只有考早稻田大学这一条路。我觉得他这么一根筋没有任何意义，可是无论我说什么，无论父母和老师说什么，他根本不入耳。既然如此，就应该全身心投入报考早稻田的准备啊，可他又不认真复习。"

"他为什么不爱学习呢？"

"他那个人吧，固执地认为大学考试全凭的是运气。他说，复习考试纯粹是浪费时间，消耗人生。他怎么会有这么奇怪的想法，我实在搞不懂。"

这也算是一种见地吧，我心里想，当然没有说出来。

栗谷惠理佳叹了口气之后，说道："他上小学的时候，学习特别好。成绩在班里是拔尖的。可是一上中学就开始下滑，成绩眼看着走下坡。他很有天赋，脑子特别好使，无奈性格上不能够刻苦学习。他对于学校的环境觉得不习惯，总是做些标新立异的事。和我正相反。我脑子没有他那么好使，不过很用功。"

我虽然不是那么用功，但是大学还是比较顺利地考上了。也许只是运气好罢了。

"我很喜欢木樽，他具有很多好的品格。不过，我很难追随他那些走极端的想法。说关西话的事也是这样。东京土生土长的人，为什么要费那么大的劲学关西话？我怎么也想不明白。起初以为他只是随便说说，其实不是，他是认真的。"

"大概他是想要成为一个与以往的自己不同的人吧。"我说道。

因为他和我在这一点上有着共性。

"所以，他只说关西话？"

"的确是很奇葩的想法。"

栗谷惠理佳拿起匹萨，揪下大张纪念邮票大小的一片，若有所思地咀嚼，咽下去之后说道："谷村君，我有个问题，没有其他人可以问，想问问你，可以吧？"

"没问题啊。"我说道。自然也无法回答别的。

"一般来说，要是达到了非常亲密的程度的话，男孩子会想要女孩子吧？"

"一般来说应该是这样的。"

"接吻之后，应该想要进一步亲热的吧？"

"那是当然。"我说道。

"可是，木樽不是这样的。我们两个人无论在一起待多长时间，他也不进一步要求什么。"

我不知道该怎么回答好。花了些时间斟酌词语，之后对她说道："这些纯粹是个人的行为，所以每个人追求女性的方式差异很大。木樽肯定很喜欢你，他一直把你当做是特别亲近的自然而然的存在，所以，就不会像一般人那样顺顺当当地走下一步了吧。"

"你真这么想的?"

我摇摇头:"我不能够说得那么肯定。因为我没有那样的经验。我只是说有这样的可能性。"

"有时候我觉得他对我是不是感觉不到性的欲望。"

"性的欲望肯定是有的。大概只是羞于承认罢了。"

"我们已经二十岁了。还有什么可害羞的呢?"

"每个人的成长进度是不一样的,你俩说不定稍稍有些没对应上。"

栗谷惠理佳思考起我说的话来。她思考什么事的时候,一向都相当严肃认真。

"木樽可能是在认真地追求着什么吧。"我继续说下去,"他采用与一般人不一样的自己独有的方式,在他自己的时间之中,非常纯粹而执着地追求着。只不过自己在追求着什么,他自己也不是很清楚。所以做不到八面玲珑地去处理生活中遇到的各种事情。倘若连自己都不清楚在追求什么东西的话,追求便是一件极其困难的作业。"

栗谷惠理佳抬起头,好一会儿没有说话,直直地盯着我的眼睛。她的黑眼珠里反射出的蜡烛的火苗,闪烁着鲜艳夺目的光芒。我不得不移开目光。

"当然了,对于他的情况,比起我来,你应该更了解的。"我辩解似的说道。

她又发出了一声叹息,然后说道:"跟你说实话吧,除了明君外,我还有个交往的男人。是网球同好会的上一年级的师兄。"

这回轮到我沉默了。

"我发自内心地喜欢木樽,对他怀有的深深的自然形成的感情,对其他任何人恐怕也不会有的。每当和他分开后,我的胸口那儿总是会一抽一抽的疼,就像闹虫牙似的。在我的心中有一个地方是属于他的。可是与此同时,怎么说好呢,我内心也有着强烈的欲求,想要发现其他不一样的东西,想要接触更多的事物。也许可以说是好奇心,或者探求心,或者可能性吧。这也同样是很自然的感觉,是想要压抑也压抑不了的。"

就像花盆里已经容纳不下的蓬勃生长的植物一样,我心里想。

"我感到困惑的就是这个。"栗谷惠理佳说道。

"既然这样,还是把心里怎么想的坦率地告诉木樽比较好。"我谨慎地选择着词语。"如果瞒着他和别人交往,万一搞不好被他知道了,他也会受到伤害,那不是更麻烦吗?"

"可是,他能够坦然地接受吗?就是我和别人交往的事。"

"我觉得,你的心情,他也能够理解的。"我说道。

"你这么看?"

"我这么看。"我说道。

她这种感情的摇摆或者说是困惑,木樽也许能够理解的。因为他自己也有着同样的困惑。从这个意义上说,他们俩毫无疑问是具有相互感应力的一对儿。但是,她所做的事(可能会做的事),木樽是否能够平静地接受,我还是下不了判断。依我看,木樽还没有坚强到那个份上。然而,对于女友有自己的秘密，对于女友欺骗自己，他恐怕是更不能忍受的。

栗谷惠理佳默默无语地凝视着被空调风吹得忽闪忽闪的蜡烛火苗，好一会儿才开口说道："我总是做同一个梦。我和木樽坐在一条船上。是一条特别大的航海船。我们在二人单间里，夜深人静时，眺望小圆窗户外面的满月。可是，那月亮是透明而美丽的冰做的。月亮下半部已经沉入了海水。'它看起来像是月亮，其实是冰做的，厚二十公分左右。'木樽告诉我。'所以，早上太阳一出来，它就融化了。趁着现在还没有融化，好好看看吧。'我三天两头地做这个梦。这是个非常美丽的梦。每次做梦都是同样的月亮。都是厚二十公分左右，下半部沉入海水。我倚靠着木樽看月亮，月亮散发着美丽的光泽，只有我们两个人，海浪的声音非常轻柔。可是一睁开眼睛，我就会陷入极度的悲伤之中。因为哪里都看不到冰做的月亮了。"

栗谷惠理佳沉默了片刻，接着说下去："我常常想，要是我和木樽两个人能够继续这样的航海，该有多美好啊。每天晚上我们都依偎在一起从小圆窗户眺望那轮冰做的满月。虽然早上太阳一出来，它就融化了，但是到了夜晚它还是会挂在天上。当然，也有可能看不到它。说不定哪一天，那个月亮不再出来了。每当我这么一想，就害怕得不得了。一想到不知道明天自己会做什么样的梦，就恐惧得身子缩成一团，嘎达嘎达作响。"

第二天，在打工的店里见到木樽时，他询问了约会的情况。

"接吻了没有？"

"怎么可能啊。"我说道。

"接吻了我也不会生气的。"他说道。

"反正我没有做那事。"

"手也没有拉吗?"

"手也没有拉。"

"那你们都干什么了?"

"看完电影，散步，然后吃饭，聊天呗。"

"就这些?"

"一般来说，第一次约会，是不会要求什么的。"

"是吗?"木樽说道，"我还真没有像一般人那样约会过，所以搞不清楚。"

"不过，和她在一起特别开心。我要是有这么个女友的话，就是天塌下来，也不会让她离开我的。"

木樽稍稍思考了一会儿我的话，想要说什么，却改了主意，咽下了那句话，问道:"那，你们吃了什么?"

"匹萨和基安蒂酒。"我如实相告。

"匹萨和基安蒂酒?"木樽吃惊地问道。"她喜欢匹萨，我还真是一点也不知道。我们俩只去过荞麦面屋或那一带的快餐店。她还喝葡萄酒? 我连她喝酒都不知道。"

木樽自己滴酒不沾。

"你不知道的，肯定有不少呢。"我说道。

在木樽的询问下，我一一回答了约会的细节。关于伍迪·艾伦的电影（连电影的情节都问到了）、吃饭（怎么埋单的？是不是 AA 制?）、她穿的什么衣服（白布连衣裙，头发是盘起来的）、穿的什么样的内衣（我不可能知道）、谈话的内容等等。她和师哥交往的事，我自然没有说。也没有说做冰月亮的梦的事。

"约好下次什么时候见面了吗?"

"没有。"

"为什么呢？你不是说喜欢那家伙吗?"

"是啊，她真的很不错。但是这种约会是不可能长久继续下去的。这不是明摆着的吗，她是你的女朋友啊。即便你说可以接吻，我也做不出来呀。"

木樽琢磨了好一会儿我的话，然后说道："那个吧，从中学快毕业的时候开始，我就定期去看心理医生。是父母和老师让我去的。这是因为我在学校里常常出现类似的问题。就是说，和一般的学生不一样。要说去看心理医生，多少会解决一些心理障碍吧，实际上满不是那么回事。心理医生听起来很了不起，其实都是些敷衍了事的家伙。他们煞有介事地听着我说话，就知道嗯嗯的点头，这个我也会啊。"

"现在也去看心理医生吗?"

"是啊。现在每月去两次。简直就是在烧钱。惠理佳没有对你说起这件事吗?"

我摇摇头。

"我的脑子哪里和别人不一样，说实话，到现在我也搞不清楚。从我的角度来看，我是完全以普通人的做法做着普通的事。可是，大家都说我做的事基本上和正常人不一样。"

"我觉得你的确是有些与众不同之处。"我说道。

"举个例子？"

"比如说你的关西腔吧。从东京人后天学习方言的角度来说，实在是不可思议的准确。"

木樽也承认我的这个说法。"倒也是。这一点可以说的确与众不同。"

"这一点可能会让一般人感到毛骨悚然的。"

"这话怎么讲？"

"因为头脑正常的人，是很难达到那么完美的境界的。"

"的确是这么回事。"

"不过，据我所知，即便不能说是很正常，但是你做的这些事，并没有妨碍到任何人。"

"现在是这样。"

"那不就结了。"我说道。我当时大概有些生气（也不知道是冲着谁去的），我自己也知道语气不怎么客气。"你的所作所为有什么问题吗？既然现在你没有妨碍到任何人，有什么不可以的吗？说到底，对于以后的事情，我们现在究竟知道些什么呢？如果你喜欢说关西话，就尽情地说好了。拼命地说好了。不想考试的话，就不要考好了。想要把手伸进栗谷惠理佳的内裤里，就伸进去好了。因为这是你自己的人生。尽可以随心所欲地做自己喜欢做的事。没有必要去顾忌别人吧。"

木樽钦佩得微张着嘴巴，眼都不眨地瞧着我。"喂，我说谷村君，你小子还真是个好人哪。虽说经常冒出些和别人不一样的话。"

"没办法。性格是无法改变的。"我说道。

"说得对。性格是无法改变的。我想说的就是这句话。"

"不过，栗谷惠理佳是个好女孩儿啊。对你是很认真的。无论发生什么事，都不要放弃她。因为你再也遇不到那么好的女孩子了。"

"我知道。这个我知道得很清楚。只是知道也解决不了问题。"木樽说道。

"你自己要主动冲锋陷阵啊。"我说道。

两个星期后，木樽辞去了咖啡店的临时工。应该说是某一天他突然就不来了，而且也没有请假。正是最繁忙的时节，老板非常生气，说他"真是个自由散漫的家伙。"还有一周的工钱没有发，他也不来领取。老板问我知道不知道他的联络方式，我说不知道。我的确是不知道他家的电话号码和住址。我只是去过他位于田园调布的家，还有栗谷惠理佳家的电话。

木樽辞工既没有跟我打招呼，之后也没有任何联系。就这样从我面前骤然消失了。因此，我感觉受到了不小的伤害。因为我自认为和木樽算得上是好朋友。这样轻易地被他突然甩掉，对我来说无疑是一件颇受刺激的事。因为，我在东京，一直没有交到过比和他更亲密的朋友。

　　唯一让我觉得异样的是，木樽消失前两天变得沉默寡言了。我跟他说话也不理我。随后就消失了。我也可以给栗谷惠理佳打电话，询问他的消息，但是不知为何，就是不想打。他们两个人的事还是让他们自己去解决好了。我是这么想的。他们之间那微妙而复杂的关系，我再继续介入的话，似乎是不太正常的。我必须在自己所属的这个狭小的世界里努力生存下去。

　　这件事发生之后，我莫名其妙地思考起和前女友的事情来。也许是看到栗谷惠理佳和木樽的关系，有所感悟吧。一次，我给她写了封信，表示过去自己做了对不起她的事，感到愧疚等等。按说我也是可以做到对她再温柔一些的。不过，她没有给我回信。

＊

　　我一眼就认出她是栗谷惠理佳。我和她后来再也没有见过面。和她再次碰面是十六年以后了。即便如此，我还是立刻认出了她。她那一如从前的生动表情很美丽。黑色蕾丝质地的连衣裙，配以黑色高跟鞋，纤细的脖颈上戴着两圈珍珠项链。她也立刻认出了我。地点是赤坂某饭店召开的葡萄酒品尝派对上。由于是正装宴会（Black Tie）❶，我穿了燕尾

---

❶ 要求男女都必须正装出席。男士要穿晚礼服，前襟领子是黑缎面的，配白衬衫，黑领结，黑腰带（丝质或高档无logo黑色皮质腰带），裤子两侧夹缝有和领子同面料的黑缎夹条，用法式袖扣。女士穿晚礼服，低胸露肩长裙，年轻女士可穿小礼服，相配手拿包和鞋子。佩戴珠宝或高级手表。一定要化妆。

服，打着蝴蝶结领带。至于我怎么会出现在那个派对上，说来话长了。而她是那个主办酒会的广告代理商的负责人。看上去非常精明能干的样子，里里外外张罗着。

"谷村君，后来怎么一直没跟我联系啊？我还想跟你多聊聊呢。"

"因为对我来说，你太耀眼了。"我回答。

她笑了。"虽说你这是恭维话，听着也挺舒服的。"

"恭维话，我可是自打娘胎里出来，就没有说过噢。"我调侃着。

她的微笑更加灿烂了。不过我说的的确不是假话，也不是恭维话。她实在过于美丽了，以至于超出了我可以认真考虑交往的范畴。过去是，现在也是。再加上她的笑容美得犹如画中人。

"没多久我就给你打工的地方打了电话，说是你已经不在那里干活了。"她说道。

木樽辞工之后，我逐渐感觉工作极其无聊。于是两个星期后，我也辞了工。

栗谷惠理佳和我分别简要介绍了自己十六年来的人生。我大学毕业后在一家小出版社工作，三年后辞了职，直到现在一直从事写作。二十七岁时结了婚，现在还没有孩子。她还是独身。她半开玩笑说，由于工作太忙，给老板当牛做马，根本没有时间考虑结婚的事。我猜测，从那以后，她一定经历了不少恋爱。她身上散发出来的氛围让我这样遐想。关于木樽，还是她先提起来的。

"木樽现在在丹佛做寿司呢。"

"丹佛?"

"就是科罗拉多州的丹佛。差不多是两个月以前收到的明信片上这么写的。"

"为什么去丹佛?"

"不知道。在那之前的明信片是从西雅图寄来的,在那边也是做寿司。这已经是一年前的事了。常常突然想起来似的寄来明信片。都是那种傻乎乎的明信片,只写几句话。有时候连住址都没有写。"

"做寿司的。"我重复道,"这么说木樽最后没有上大学了?"

她点点头。"记得好像是在夏末的时候,他突然告诉我说不考大学了。这样继续下去纯粹是浪费时间。然后就去了大阪的厨师学校。似乎是打算正式研究关西料理,而且还可以去看甲子园的比赛。我当然要问他:'这么大的事,你一个人决定了,去了大阪,那我怎么办呢?'"

"他怎么回答的?"

她沉默着。紧紧闭着嘴唇。好像想要说什么,可是如果说出来,就会掉泪似的。无论如何也不可以弄糟她那纤细的眼睫毛。于是,我迅速转换了话题。

"上次和你见面的时候,是在涩谷的意大利餐厅喝的廉价的基安蒂吧。而这回却是纳帕❶酒品尝会。真是奇妙的机缘啊。"

---

❶ 位于美国加利福尼亚州中部纳帕河畔,是美国最优秀的葡萄酒产区之一,已经成为美国酒文化的代名词,葡萄酒行业高贵典雅的品质象征。

"我记得很清楚。"她说道。终于镇定一些了。"那时候，咱俩去看了一场伍迪·艾伦的电影。叫什么名字来着?"

我告诉了她电影名字。

"那个电影真好看。"

我对此也很赞同。那是伍迪·艾伦最好的作品之一。

"那么，你那时候交往的那位同好会的师兄，进展得顺利吗?"我小心地问道。

她摇摇头。"很遗憾，不怎么顺利。该怎么说呢，总觉得缺少那么一点点默契。半年左右就分手了。"

"我可以问你一个问题吗？是个很隐私的问题。"我说。

"可以啊。只要我能够回答。"

"问这样的问题，不会惹你不高兴就好。"

"我试试看吧。"

"你和那个人上床了吧?"

栗谷惠理佳吃惊地看着我，脸颊微微泛红了。

"我说，谷村君，干吗现在要问这个问题?"

"为什么问呢？因为我一直很在意这个事。不过，问了个让你难堪的问题，很抱歉!"

栗谷惠理佳轻轻摇了摇头，"没关系的。我并没有不高兴。只不过被突然这么一问吓了一跳。再说，已经是很久以前的事了。"

我环顾四周。满眼都是身穿正装的人们正倾斜着品酒杯。高级红酒的瓶塞一个接一个地嘭嘭起开。一位年轻的女性正坐在钢琴前，弹奏着《如沐爱河》（Like Someone in Love）❶ 的插曲。

"回答是 Yes。"栗谷惠理佳说道。"我和他做过很多次爱。"

"因为好奇心和探求心和可能性？"我问道。

她勉强微笑了一下。"是的。因为好奇心和探求心和可能性。"

"我们就是这样增加年轮的。"

"如果你这么说的话。"她说道。

"这么说，你和那个人第一次上床，是和我在涩谷约会之后不久的事了？"

她翻阅着脑子里的记事本。"是啊。记得是一周之后的事。在那前后的事情我记得很清楚。因为，那是我第一次体验男女之事。"

"不过，木樽可是个很敏感的男人噢。"我看着她的眼睛说道。

她低下头，用手指挨个抚摸着脖子上戴的珍珠项链。仿佛在——确认它们是否还在那里。然后，忽然想到了什么似的，轻轻叹了口气。"是啊，就像你说的那样。木樽的直觉太厉害了。"

"可是，最后你和那个人还是没有结果？"

她点了点头。然后说道："很遗憾，我的脑子没有那么好。所以，需要绕远似的走弯路。现在说不定仍然在没完没了地走弯路呢。"

---

❶ 电影名，该电影由伊朗电影大师阿巴斯·基亚罗斯塔米（Abbas Kiarostami）拍摄完成，入选第 65 届戛纳电影节展映单元。

我们大家都在没完没了地走弯路啊。我想要这么说，但是没有说出口。因为动不动就喜欢下结论，也是我身上的老问题之一。

"木樽结婚了吗?"

"据我所知，还是独身呢。"栗谷惠理佳说道。"至少还没有收到想要结婚的消息。或许我们俩都成了很难走进婚姻殿堂的人了。"

"也说不定只是想要走走弯路而已吧。"

"也可能吧。"

"你们有没有可能在某个地方再度聚首，重新开始呢?"

她笑着低下头，轻轻摇摇头。这个动作意味着什么，我不太清楚。也许是没有这个可能的意思，也许是从来没有想过这个问题的意思。

"现在，你还会做那个冰月亮的梦吗?"我问道。

她仿佛被什么东西弹起来似的猛然抬起头看着我，而后笑容逐渐扩展到了整个脸庞，扩展得非常平稳而缓慢。那是发自内心的自然的微笑。

"那个梦，你还记得啊?"

"不知怎么，记得很清楚。"

"别人的梦也记得这么清楚?"

"因为梦这东西是可以相互借用的，一定是的。"

我说道。看来我这个人的确是喜欢下结论。

"你这个说法真是太妙了。"栗谷惠理佳的脸上依然保持着微笑。

有人在她背后叫她。她好像该回去工作了。

"我已经不再做那样的梦了。"她最后对我说道,"不过,梦里的情景至今依然历历在目。梦中的景色,当时的心情,这些都不是那么容易忘记的。恐怕永远也忘不了。"

说完,栗谷惠理佳的目光越过我的肩头,朝远处某个方向望去。仿佛在寻找冰做的月亮悬挂的夜空一般。然后,倏地转过身去,快步走了。大概是去化妆室整理眼睫毛吧。

即便是在开车,听到车载收音机里流淌出披头士的《昨天》时,我也会马上回想起木樽躺在浴缸里胡唱的那首自己填词的歌。而且会后悔,把歌词在纸上写下来就好了。由于歌词太搞笑了,所以有一段时间我记得特别清楚,但渐渐地就模模糊糊了,后来就淡忘了。回忆起来的只是片段,而且到底是不是木樽曾经唱的那些歌词,现在也已经不能肯定了。因为记忆都是无可避免地在更新的。

二十岁前后的那些日子,尽管我多次想要把它们记录下来,却怎么也做不到。当时,在我周边不断发生着各种各样的事情,应付这些已经使我筋疲力竭了,根本没有余力停下步子,把那些事情一一写在本子上。况且,大多数事情都不是让我觉得"必须要写下来的事件"。那时的我,迎着扑面而来的狂风,勉强睁开眼睛,气喘吁吁地继续向前迈步,已经是极限了。

不过,对于木樽,我是记忆犹新的。真是不可思议。虽然不过是交往几个月的朋友,但是每当听到收音机里流淌出披头士的《昨天》时,与他相关的各种情景和对话便走马灯似的出现在我脑海里。比如在他田园调布的家里的浴室，两个人进行的马拉松式的聊天内容。什么阪神老虎击球手存在的问题；包括性爱问题在内的种种烦恼；复习考试的枯燥无聊；大田区田园调布小学的历史；对于杂煮与关东料理的认识上的差异；关西腔语汇的丰富的感情色彩等等。还有就是在他的极力怂恿下，和栗谷惠理佳进行的唯一一次匪夷所思的约会。隔着意大利餐厅的蜡烛，栗谷惠理佳向我诉说的那些心里话。在那样的时期，发生的那些事情，如同昨天刚刚发生一样历历在目。音乐具备这种清晰地唤醒人的记忆的功能，有时这种唤醒甚至让人痛彻肺腑。

回想我二十岁的时候，浮现在我脑海里的都是孤独和寂寞。我既没有可以温暖自己身体和内心的恋人，也没有可以推心置腹的好友。每天都在无所事事中度过，对于未来也没有任何憧憬。几乎是把自己深深地封闭起来。有时候一个星期也不和任何人说一句话。这样的日子过了长达一年。很漫长的一年。至于那段可称之为严冬的时期，是否给我这个人的成长留下了宝贵的年轮，连我自己也说不好。

当时，我也是每天晚上从圆形船窗眺望外面的冰做的满月。厚二十公分左右、冷冰冰的坚硬而透明的月亮。然而，没有人陪伴在我身边。我一直是孤单一人眺望着它，无法和任何人分享那月亮的美丽与冰冷。

昨天，是明天的前天，

是前天的明天。

　　我祝愿木樽能在丹佛幸福地生活（或许是在其他某个遥远的城市里）。即便不是那么的幸福，至少希望他今天能够顺利而健康地度过。因为明天我们会做什么样的梦，谁也说不好。

独 立 器 官

姜 建 强 ——— 译

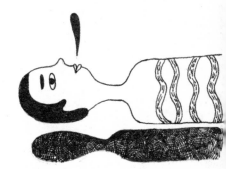

有一种人缺乏内在性的曲折和烦忧，却因而得以走过令人惊叹的富有技巧性的人生。这样的人固然为数不多，但偶尔亦能寻遇。渡会医生就是这样的一个人。

那样的人为了让（要如此说的话）率直的自己，能与周遭扭曲的世界相互妥协生存下去，或多或少会被要求做出各自的调整。但大体而言，运用了多少繁杂的技巧来打发每一天，其本人对此并无觉察。他们在头脑中坚信，自己无论何处何时都是以自然的方式，坦率而非精于算计地生活着。而当他们偶尔被从不知何处投射进来的特别的阳光照耀，猛然发觉自己所作所为的人工性或者叫非自然性的时候，事态就会迎来时而悲伤欲绝，时而兴高采烈的局面。当然，到死为止没有见过那样的阳光，或者即便目睹了也无从感觉，承受如此恩惠（只能这样形容）的人还确实大有人在。

我想在这里粗略地叙说一下与渡会这个人当初相识的情况。其中大半是从他口中直接听到的，但也混杂了部分与他亲密交往的——而且值得信赖的——人们那里收集到的信息。有时还多少包含了我所观察到的他的日常言行，从而得出"肯定是这样的吧"的个人推测。这种推测如同是填补事实与事实之间缝隙的柔软的油灰。总之，我想说的是，这不是用完全纯粹的客观事实来完成的人物写真创作。为此，身为笔者并不想推荐各位读者将这里描述的事实，当作裁判的证据物品，或者当作商贸活动（虽然猜不出是怎样的商贸活动）的证据资料来使用。

不过，就那样一点点往后退却（请事先确认身后是否有悬崖），选取适当的距离观赏那幅人物写真的话，或许就会明白，细节上的微妙真假并不构成重要问题。然后在那里，叫做渡会医生的一个形象，就会立体且鲜明地浮现出来吧——至少笔者是这样期待的。怎么说才妥帖呢？总之，他是一个不带有充裕的"招致误解空间"的人物。

并不能说他是个容易被理解的单纯的人。至少在某一方面，他是个复杂多样且不易把握的人物。在他的意识之下，究竟潜藏着怎样的黑暗，背负着怎样的原罪，我当然无从知晓。尽管如此，我们能否这样断言：在他的行为模式始终一贯的逻辑性中，描述他的整体形象还是比较容易的。作为一名专业作家，这样说或许有点冒昧，但当时的我确是抱有那种印象。

渡会已经五十二岁了。至今未婚，也没有同居的经验。在麻布雅致的公寓大楼六楼的二居室里，一直一个人生活。或许可称之为铁杆独身主义者吧。做饭洗衣烫熨打扫等家务事，基本没有问题。还雇用专业的家政人员每个月上门服务两次。原本就属喜好清洁的性格，所以做家务也不觉得痛苦。必要时还能调制美味的鸡尾酒，从土豆炖肉到纸卷鲈鱼的烧烤，一般都能做（就像大部分厨师那样，因为在购买食材时不计代价，所以基本都能做出美味的料理）。既不会因家中没女人而感到不便，也没有一个人在家难以打发的无聊，也几乎没有独眠的寂寞感。至少在某个时点为止是没有的。大体就这么回事。

他的职业是美容整形外科的医生。在六本木开设"渡会美容诊所"。这是从同样职业的父亲那里传承下来的。当然有很多与女性结识的机会。他绝不能说是一位美男子，但容貌还算过得去（自己想要接受整容的念头一次也没有）。诊所经营极为顺当，年收颇丰。身材均匀，举止雅致，有教养，话题也丰富。头发也还扎实地留着（虽然白发开始有些显眼）。虽然身体这里那里多少附有赘肉，但他热衷于跑健身房，基本维持着年轻时的体型。所以，过于直率的措辞或许会招致世间许多人的强烈反感，但我还是想说，在与女人的交往中，截至目前他都处理得游刃有余。

不知为何，渡会从年轻的时候，就完全没有结婚成家的愿望。他莫名地十分确信自己不适合结婚生活。所以追求以结婚为前提与男性交往的女性，不论对方有多大的魅力，从一开始他就退而拒之。其结果就是，他作为女友而选择的对象，大都是有夫之妇，或者仅限于已经拥有其他"真命"男子恋人的女性们。而只要维持着这样的关系设定，对方期待与渡会结婚这件事情就不会发生。更为明白地说，对女人们而言，渡会通常就是一个无忧无虑的"第二恋人"，便利的"雨天用的男朋友"，或者也是适中的"拈花惹草对象"。而且实话实说，这样的关系才是渡会最为见长的，也最乐意与这种心情愉快的女性保持的关系。除此之外，比如说寻求作为搭档共同分担责任之类形式的男女关系，通常会使渡会的心情变得糟糕。

女人们不仅被自己拥抱，也被其他男人搂抱这个事实，并不特别让他心烦意乱。所谓肉体什么的，最终也只不过是肉体而已。渡会（他主要从医生的立场）是这样想的，她们大体上（她们主要从女性的立场）

也是这样想的。在和自己相会之际，她们只要想着点自己，渡会就已十分满足。除此以外的时间，她们想些什么、干些什么，那完全是她们个人的问题，不是渡会应该逐一思考的问题，开口过问更是荒谬。

与女人们共同进餐，觥筹交错，快乐交谈，这对渡会来说成了一种纯粹的欢愉。而做爱本身只不过是那条延长线上的"另一种欢愉"而已，其本身并不是最终目的。对他来说更为重要的是寻求与魅力女性亲密且知性的接触。以后之事只能以后再说。因此女性们自然地被渡会所吸引，无所顾忌地与他共享在一起的时光。其结果就是进一步接受了他。说到底这些只是我个人的见解，世上很多女性（尤其是有魅力的女性），对热衷上床的男人们早已相当腻味了。

在将近三十年的时间里，究竟与多少女性保持过这样的关系？渡会有时想，如果能统计一下就好了。然而渡会原本就是对数量不感兴趣的人，他所追求的还是质量。而且对于对方的容貌，也不太拘泥挑剔。只要缺陷不是大到足以引发职业上的关心，或者只要不是看到就打哈欠的无聊，也就足够了。如果在意容貌什么的话，而且又有足够的金钱积蓄，基本上想怎么改变都行（在这个领域里，他作为一名专家知道很多令人惊叹的实例）。实际上与容貌相比，他更看中的是女性头脑灵活、富有幽默感、具备优异的知性感觉等。话题匮乏、没有主见的女性，容貌越姣好，越让渡会灰心失望。即便再怎样做手术，也不可能提高知性智慧的程度。和聪慧机智的女性交往，聚餐间的快乐交谈，或者在床上一边耳鬓厮磨，一边漫无边际地愉悦私语，渡会将这样的时光当成人生的宝物而惜爱无比。

在女性关系方面，从来没有产生过重大纠纷。黏糊糊的感情纠葛不是他的喜好。不管怎样，一旦开始让他看到有类似不吉黑云接近地平线的征兆，就手法漂亮地用丝毫不把事情闹大，并最大限度地不给对方造成伤害的方式，悄然退身。宛如黑影快速而自然地与不断迫近的暮色所混融一般。他作为一名老资格的独身者，精通这方面的技巧。

与女友们的分手，总是定期而至。大多数另有恋人的独身女性，某个时期一旦到来，就会向渡会告别："非常遗憾，我想我不能再和你见面了。因为决定近期结婚了。"她们决意结婚很多时候是在快到三十岁和快到四十岁时。如同到了年底，挂历就畅销一样。渡会通常会很平静地，且浮现出含有适度忧伤的微笑，接受这样的事实。虽有遗憾，但也是没有办法的事情。所谓结婚这种制度，虽然完全不适合自己，但也属于恰如其分的神圣之物，不得不尊重才是。

那样的时候，他总是买上贵重的结婚礼物，并发表一番祝福："恭贺大婚。希望你成为最幸福的人。你是一位聪慧、迷人、美丽的女子，有追求幸福的权利。"这也是他的真心话。她们（或许）是从纯粹的好感出发，给予了渡会美妙的时光和她们人生宝贵的一部分。仅此而言，就不得不心存感激才是。除此之外，他还能诉求什么呢？

不过像这样举行过值得庆贺的神圣的结婚仪式的女性，大概有三分之一会在几年后的某日，给渡会打来电话。而且用明亮的声音发出邀请："喂，渡会，方便的话，到哪里去玩玩不？"而后，他们再度怀揣好心情，保持那段难以谓之神圣的关系。他们从逍遥轻松的独身男女同伴，变成了独身者与有夫之妇这种稍微有些复杂（正因为如此欢愉程度才更深）的关系。但实际上二人所做之事——仅仅是增加了技巧性——几乎还是一样。婚后不再见面的女性中的三分之二，已经不联系了。她们也许正过着安宁满足的婚后生活吧。或许成了优秀的家庭主妇，生育了几个孩子。渡会曾经优雅爱抚过的绝妙乳头，现在或许正给婴孩哺乳。渡会如此愉快地思考着。

渡会的朋友几乎都结婚了，也有了孩子。渡会有好几次前去拜访他们的家庭，但是从来没有羡慕的感觉。孩子小的时候，还算可爱好玩，但到了中学生和高中生的年龄，几乎毫无例外地憎恨大人，制造像是蔑视、复仇似的令人困惑的事端，毫不留情地刺痛父母的神经和消化器官。而在另一方面，父母头脑里只有孩子进名校的念头。为了学习成绩，老是焦虑不安，互相推诿责任，夫妻间的争执不绝于耳。孩子们在家也不怎么开口，将自己关在屋里，要么与同学没完没了地聊天，要么沉迷于来路不明的色情游戏。渡会怎么也无法产生自己要个这种孩子的心情。朋友们异口同声地说"不管怎么说，孩子就是天底下最好的礼物"，但这样的广告用语终究是不可信的。他们或许只是想让渡会也背负一下自己背负过的重荷。他们自以为是地确信，世上之人都有遭遇他人遭遇过的倒霉事的义务。

我自己趁年轻时就结婚了，之后就是不间断地维系结婚生活，不过凑巧的是没有孩子，所以他的见解（尽管看上去有些图式化的偏见和修辞上的夸张），在某种程度上我是能理解的。我甚至认为实际情况或许就是这样。当然啦，也不全是如此悲惨的事例。在这个广袤的世界，始终保持孩子和双亲关系良好的美满幸福家庭什么的——大体上是足球比赛帽子戏法的概率——还是存在的。可是我对于能否进入到这少数走运的父母当中，完全没有这样的自信，也不（非常地）认为渡会能成为这种类型的父亲。

　　如果不怕误解地用一句话来表述，渡会是个"性情温顺"的人物。什么争强好胜啦，劣等感啦，妒嫉心啦，过度的偏见和自尊啦，食古不化啦，过于敏感的感受性啦，顽固的政治见解啦，这些有损人格平衡和安定的要素，至少在表面上完全看不出来。周遭之人都喜欢他从不隐瞒的直快性格、端正优雅的礼仪和鲜明的进取心态。而且渡会这种优秀品质，特别是对女性——几乎占了人类的一半——而言，更集中地富有效果。给予女性无微不至的关怀和体贴，对他这种职业的人来说虽是不可欠缺的技巧，但对渡会而言，并不是迫于需要后天习得的技巧，而是与生俱来的天资。如同优美的声音、细长的手指一样。可能就是这个缘故（当然肯定有附加医术），他所经营的诊所才会兴盛。即便不在杂志等媒体上刊登广告，预约也总是爆满。

　　或许正如读者诸君所知晓的一样，这个类型的"性情温顺"之人，每每缺乏作为常人的深度，较多地是平庸无聊之辈。但是渡会不是那样的人。我总是在周末之际，和他边喝啤酒边快乐地渡过一个小时。他非常健谈，话题丰富。在他的幽默感里，并没有复杂的内涵，直接又实际。他跟我讲美容整形许多有趣的秘闻（当然在不触犯守秘义务的程度之内），还向我披露了很多与女性有关的颇有意思的传言。但是这样的交谈中从来没有夹杂过庸俗下流的语言。他总是饱含尊敬和爱意地叙说她们的事，与特定的个人有关的信息，他总是特别在意地加以隐藏。

"所谓绅士，就是不多谈论付过的税金和睡过的女人的人。"有一天，他对我说。

"这是谁说过的话？"我询问道。

"我自己原创的。"渡会不动声色地说，"当然，税金的话题，有时不得不与税务师谈及。"

对于渡会来说，同时拥有二至三名"女友"是理所当然的事。由于这些女友各自都有丈夫或恋人，所以优先考虑她们的日程，这样一来，他的时间份额就变少了。因此同时拥有几名恋人，对他来说是很自然的事，他也并不认为这是极不诚实的行为。当然，这种事情在女友面前只能缄默不语。他的基本姿态是：做到尽可能的不说谎，但是没有必要公开的信息就不予公开。

在渡会经营的诊所里，有一位长年为他服务的优秀的男性秘书。他像娴熟的机场管制人员，很在行地调整着渡会那错综复杂的日程。工作上的计划之外，下班后与女性密晤的日程调整，不知不觉地也成了他工作的一部分。渡会绚烂多彩的私生活细节，都在他悉数掌握之中，但他不多管闲事，守口如瓶，对渡会繁忙的女性交往，不会露出惊讶的神色，说到底，他只是在履行他的职责。为了与女性们的约会不至于撞车，他还合理地安排出行。连渡会正在交往中的女性每个人的月经周期——虽然一时难以相信——大体上都在他的脑子里。当渡会与女友去旅行的时候，从安排车票到预约旅馆或酒店，都是他办理。可以肯定的是，渡会的身边如果没有这位有能力的秘书，他的浪漫私生活就不可能像现在这样搞得有声有色。对此，渡会也是充满感激之情的，只要一有机会，他就会送礼物给这位帅气十足的秘书（当然也是个同性恋者）。

　　由于女友们和渡会的关系，让她们在自己的丈夫或男友面前露馅，并引发重大问题，从而使渡会处于相当尴尬的立场上，所幸这样的事从来没有发生过。渡会原本就是一个性格谨慎的人，对与他交往的女友，他也是尽可能地提醒她们要多留意提神。不急于做难以达成的事，不持续同样的行为模式，在不得不说谎的情况下尽可能地不编大谎。这三条是他行为哲学的要点（虽然有点像给海鸥传授飞翔技术一样有点荒唐，但姑且还请再三的留意）。

　　话虽这样说，但在交往中要完全做到与纠纷绝缘，也是不现实的。与如此之多的女性长年保持这种带有技巧性的关系，不可能不出现一点麻烦。就算是敏捷的猴子，也有抓不住树枝的这天。这其中有些不太注意的女性，她们疑心重重的男友就打电话到渡会的办公室，就渡会医生的私生活和其伦理性提出疑问（那位有能力的秘书，巧言善辩地处理着这些事）。还有一些是与渡会的关系已纠缠得很深，导致判断力有些混乱的有夫之妇。这些人的丈夫中偶尔还有非常有名的格斗运

动员。所幸没有遭致大事发生。渡会医生被折断肩骨的不幸事件倒也
没有发生。

"这不光是运气好的缘故吗?"我说道。

"或许。"他笑着说,"大概只是对我而言吧。可是也不仅仅是运气。
我虽称不上是头脑好用的人,但对付这样的事格外的机智敏捷。"

"机智敏捷。"我说。

"怎么说好呢?当身临危险境地时,智慧突然驱动什么的——"渡
会到嘴的话又憋回去。好像情急之中想不出实例,或许是有所顾忌难以
启齿。

我说道:"说起机智敏捷,弗朗索瓦·特吕弗(François Roland
Truffaut)❶的老电影里有这样的场面。女人对男人说:'在这世界上,
有彬彬有礼的人,有机智敏捷的人。当然两者都属良好资质,但是在更
多场合,机智敏捷的比彬彬有礼更胜一筹。'您看过这部电影吗?"

"不。我想没有。"渡会答道。

"女人还举例说明。比如,有一位男子一打开门,里面的女性正赤
身裸体在换衣服。'失礼了,夫人。'然后立即关上门的是彬彬有礼的人。
相对于此,说'失礼了,先生',然后立即关上门的是机智敏捷的人。"

"原来如此。"渡会钦佩地说道,"非常有趣的定义。说得明白易懂。

---

❶ 弗朗索瓦·特吕弗(1932年2月6日—1984年10月21日),法国著名电影导演,法国"新浪潮"电影的创始人和
领军人物,电影史上最重要的导演之一。代表作品有《四百下》、《最后一班地铁》等。

我自己就多次遭遇过那样的状况。"

"然后每次都灵机一动，巧妙摆脱？"

渡会面有难色。"不过，我不想过高地评价自己。基本上还是受惠于运气吧。说到底我只是一个受惠于好运的彬彬有礼的男人。这样想或许是无可非议的。"

总之，渡会所说的受惠于好运的生活大约持续了三十年。漫长的岁月。然而在某一天，他出乎意料地坠入深深的爱恋之中。就像一只聪明伶俐的狐狸，一不小心掉进坑洞一样。

让他坠入恋巢的对象比他小十六岁，已婚。年长两岁的丈夫在外资IT企业里工作。有个孩子，五岁的小女孩。她与渡会的交往已经有一年半了。

"谷村，你有下定决心不过分迷恋某人，并为此而努力的事吗？"渡会有时会向我提问。我记得确实是在初夏时节，与渡会相识了超过一年。

我回答说没有那样的经历。

"我也没有过那样的经历。不过现在有了。"渡会说。

"努力不过分迷恋上谁？"

"正是如此。现在正在努力之中。"

"什么理由？"

"极为简单的理由。因为过分迷恋，心情就会变调，痛苦得难以忍受。这种负担不是内心所能承受的，所以努力尽可能地不喜欢她。"

他很是认真地说道。那副表情一扫平素的幽默感。

"具体来说你是怎样努力的呢?"我询问道，"也就是，不过分的迷恋。"

"有很多。尝试了各种方法。不过基本上就是尽可能地多想负面的事。她的缺点，怎么说呢，就是在可以想象的范围内，抽取不太好的一面，——罗列在册。然后要在脑海里像吟唱咒语一样，反反复复告诫自己，这样的女人没有必要过于喜欢。"

"取得成效了吗?"

"不，成效并不显著。"渡会摇晃着脑袋说，"她负面的地方并没有想象的那么多，这是其一。另外，事实是她负面的地方也强烈地撩拨着我的心。还有一点，就自己的心向而言，什么是极为过分的，什么并不过分，我也无法分辨。这之间的分界线无法看清。这种不得要领、茫然若失的心情，还是有生以来第一次。"

我询问道: 至今已与很多女性交往过，像这样心情被深深扰乱的情况，一次也没有过吗?

"第一次。"医生坦率地说。然后他从暗黑的幽邃之处抽引出过去的记忆。"这样说的话，还是在上高中的时候，虽然很短暂，但体味过与这相似的心情。一旦想起了谁，心里就丝丝拉拉地疼，变得任何事都无法思考——不过那只是毫无结果的单相思罢了。然而现在与那时完全不同。我已经是个堂堂正正的成人了，事实上也与她有过肉体关系。尽管这样，我还是这般意乱神迷。一旦连续想着她，不由得连内脏功能都好像怪怪的。主要是消化器官和呼吸器官。"

渡会沉默了一会儿，好像是在确认消化器官和呼吸器官的状态似的。

"听你这么说，好像你一直期望努力不过分迷恋她的同时，也不想失去她呢。"我说。

"对。是这样的。当然那是自相矛盾，自我分裂的。我同时企盼着正好相反的东西。即便再怎么努力都无法顺当如愿的。不过这也是无可奈何的。反正我不能失去她。如果真到了那一步，我自己都会迷失掉。"

"不过对方已经结婚了，还有一个孩子。"

"确实如此。"

"所以嘛，她是怎样看待与你的关系的？"

渡会略微歪了歪脑袋，斟酌字句。"她是怎样看待与我的关系的，这只能推测了。而推测只能使我的内心更加混乱不堪。不过她明言她没有与现在的丈夫离婚的打算。孩子也有了，不想破坏家庭。"

"却持续着与你的关系。"

"现在我们总在找机会见面。不过将来的事情无从知晓。也许她害怕她丈夫知道与我的关系，不知道什么时候就会停止与我的幽会。或者实际上她的丈夫已经察觉，我们事实上也不能再见面了。也许她只是单纯地厌倦了和我的关系。明天会发生什么，全然不知。"

"而那正是最让渡会你害怕的。"

"可不。一旦在脑海里设想这么多可能性，其他的任何事就都没办法思考了。连食物也难以顺畅咽下。"

我与渡会医生的邂逅，是在家附近的一家健身房。他经常在周末的上午，带着壁球拍来到健身房，期间也和我打上几盘。他彬彬有礼，体力充沛，对胜负得失的计较也恰到好处，所以论轻松快活地玩玩游戏，他是正合适的对手。虽然我比他年纪稍长一些，但年代大体相同（这之前提及过），打壁球的技术也大体相同。二人追逐着壁球直至汗流浃背，然后去附近的啤酒馆，一起痛饮生啤。渡会医生大体上只思考自己的事情。似乎出身良好，受过高等教育，生下后就几乎没有体验过金钱苦恼的人，大多数都是如此的吧。尽管如此，如前所述，他是个快乐有趣的聊天对象。

知道我是从事写作的，渡会就不全是扯闲篇，一点一点地夹杂了个人的知心话。渡会或许是这样认为的：如同心疗师和宗教家一样，从事写作的人也有倾听个人知心话的正当权利（或义务）。其实不仅仅是他，我之前已多次被各种人当作倾诉对象，有过同样的体验。说起来，我原本就不讨厌倾听他人的叙说，对于倾听渡会医生知心话更是来之不拒。他基本上是个正直率真之人，也能恰如其分公平地看待自己。而且也不惧怕在他人面前暴露自己的弱点。而这恰恰是世上很多人所不具有的资质。

渡会说过："比她容貌姣好的女性，比她体型优美的女性，比她趣味高尚的女性，比她头脑好用的女性，我都多多少少交往过。不过这样的比较不具有任何意义。这是因为对我而言，她是个特别的存在。或者说综合的存在也可以吧。她所拥有的全部资质都朝向一个中心，并紧紧相连。不能一个个抽离来测试与分析孰优孰劣，孰胜孰负。而且正是那个中心里的某些东西强烈地吸引着我。如同强力的吸铁石。那是一种超越理智的东西。"

我们就着薯条和泡菜，喝着大杯黑棕色鸡尾酒。

"相识犹恨晚，相爱费痴缠。爱恨纠结中，此心难复前。有这样一首和歌吧。"渡会说道。

"这是权中纳言敦忠❶的和歌。"我答道。为什么会记住这首和歌？我自己也茫然不解。

"这里的'相识'，是指伴有男女肉体关系的幽会。这是大学课堂上教的。那个时候只是觉得'哦，原来是这么回事啊'。但到了这般年岁，终于感受到这首和歌的作者是抱有怎样的心情了。与思慕爱恋的女性幽会，缠绵云雨，完事后道声再见，最后感觉到深深的失落感，令人窒息苦闷。回想起来，人的这种心情，纵有千年，丝毫未变。我竟然没有察知自己体验过的正是这种心情。令人痛心的是，我作为一个成熟之人还不够格。虽然意识到的时候已经有点太迟了。"我说。

我觉得在情感问题上没有太迟或太早。因为即便再怎么迟缓，总比到最后也还未曾意识要好得多吧。

---

❶ 原名藤原敦忠，平安时代中期的公家、歌人。官至从三位权中纳言。三十六歌仙之一。通称枇杷中纳言，本院中纳言。在《小仓百人一首》中名为权中纳言敦忠。

"不过这种心情趁年轻的时候体验的话，或许就好了。"渡会说道，"这样的话也许能生成类似免疫抗体的东西。"

我想这不是简简单单就能想得通的吧。我知道的就有好几个人，他们在未能生成免疫抗体的情况下，体内潜伏着性质恶劣的病原体。不过对此我什么也不想说。一说就话长。

"我和她开始交往有一年半了。她的丈夫因为工作关系，经常去海外出差。那个时候我们就见面吃饭，然后来到我的住处，一起上床。我了解到她和我发展成这种关系的契机，是因为他的丈夫在外面拈花惹草。她的丈夫向她道了歉，和对方分手，并保证下不为例。不过她的心情没能就此复元。为了取得所谓的精神平衡，才与我保持了肉体关系。要说是报复雪耻，表现也太过残忍了，但对女人来说，这种内心的调整作业是必须的。这样的事屡见不鲜。"

这样的事是否屡见不鲜，我不清楚，姑且先安静听他说。

"我们一直轻松愉悦地享受床笫之欢。活泼的交谈，二人独享的温馨秘密，长时间精致的做爱。我想我们共同拥有了一段美好的时光。她笑颜常驻，笑得非常快乐。可是一直持续着这种关系，渐渐越发深爱到不能自拔退回原初。我最近常常在思考。所谓我，究竟为何物呢？"

我意识到好像听漏了最后一句话（或许是听错了），所以请他再重复一遍。

"所谓我，究竟为何物。这是目前常常思考的一个问题。"他重复道。

"有难度的疑问。"我说道。

"可不。非常难的一道疑问。"他说道。然后为了确认其难度而频频点头。他似乎没有体会到我话语里带有轻微的讥讽之味。

"所谓我，究竟为何物？"他还在追问，"作为一名美容整形外科医生，迄今为止从不犹疑地精励于工作。在医科大学整形外科研修，一开始作为助手协助父亲的工作。父亲视力恶化引退以后，我就接手了诊所的经营。虽说有点自吹自擂，但我认为自己作为一名外科医生，技术是精良的。在这个美容整形的世界里，实际上是鱼目混珠。广告做得天花乱坠，内部捣浆糊的事时有发生。但是我们始终凭良心办事，一次也没有和顾客发生过大的纠纷。这方面我敢自夸为专家。在私生活方面也没有不满。朋友多，身体目前还算健康。我享受着属于自己的生活。但是，所谓自己究竟为何物？最近一段时间我再三思考。而且是相当认真地思考。如果去掉作为美容整形外科医生的能力和经历，如果失去目前舒适的生活环境，而且如果不附加任何说明，就将一个赤裸的我放逐到这个世界上的话，这里的我，究竟为何物？"

渡会一直看着我的脸。好像在寻求某种反应似的。

"为什么会突然思考这种问题呢？"我问道。

"之所以这样，我想是因为在这之前，读了一本关于纳粹集中营的书。这本书里，有一段是讲述在战争中被强行送进奥斯威辛集中营的内科医生的故事。在柏林开诊所的一位犹太人医生，有一天与家人一起被抓，并被押送到集中营。在这之前他被家人爱戴，被人们尊敬，被患者信赖，在雅致的邸宅过着富足的生活，还养了好几条狗。到了周末，作为一名业余大提琴演奏者，和朋友们演奏舒伯特和门德尔松的室内音乐。享受着安定富有的生活。但命运突转，他被投进如同人间地狱般的场所。在那里，他不再是富有的柏林市民，也不再是受人尊敬的医生，几乎如同非人。与家人分离，遭受野狗同然的待遇，食不果腹。集中营里的所长知道他是有名的医生，以或许还有利用价值为由，暂时免除了煤气毒杀，但是明天的事没人知道。由着看守心情，或许轻易地就被棍棒打死。他的家人恐怕已经被杀了吧。"

他少许停顿了一下。

"到了那里我突然浮想联翩。这位医生经历的可怕的命运，那或许就是我的命运，只是地点和时代有所不同而已。如果我也因某种理由——虽然不知道怎样的理由——有一天突然被拽出现在的生活，并被剥夺所有的特权，落魄到只是一个号码的存在，那么我究竟为何物？我合上书陷入沉思。如果暂且不论作为美容整形外科医生的技术和信用的话，我只是一个一无长处、江郎才尽的五十二岁的男人。虽然大体还算健康，但与年轻的时候相比体力下降。剧烈的体力劳动难以忍耐长久吧。要说我的特长，只是会挑选美味的黑皮诺葡萄酒❶，知道几家体面的西餐馆、寿司店和酒吧，能给女性挑选时髦的饰品作为礼物，能弹点

---

❶ 用源自法国勃艮第一种粒圆色黑、果肉多汁的优质葡萄品种酿造的葡萄酒，是世界上最受欢迎的葡萄酒之一。黑皮诺葡萄酒香气细腻，酒质丰富充实，容易入口，略带杏仁香味。

钢琴（简单的乐谱一上手就能弹），大体就是如此。不过如果我被押往奥斯威辛的话，那些东西都起不了任何作用。"

我同意这种说法。关于黑皮诺葡萄酒的知识也好，业余水准的钢琴演奏也好，有趣的谈话术也好，在那样的地方恐怕百无一用。

"冒昧地问一句，这些问题谷村你有思考过吗？如果自己的写作能力被夺去的话，自己究竟为何物呢？"

我对他作了说明。我是从"微不足道的一介草民"出发，等于说是一穷二白地开启了人生。小小的机缘巧合之下，偶尔开始写作，说幸运也好，什么也好，生活就此得以维系。所以为了认识到自己只是一个既无专长也无特长的一介草民，我认为没有必要特地搬出奥斯威辛集中营这么庞大的假设。

渡会听后认真思虑了片刻。还存在这样的思考方法，对他而言大概是初次听闻。

"原来如此。那样的人，就其人生而言或许是快乐的。"

一无所有的人一穷二白地开始人生，不能不说是件乐事吧？我客气地指出道。

"当然。"渡会答道，"当然如你所言。从一无所有开始人生，那是相当费力的吧。我认为在这方面我比其他人受惠多多。不过，人到了一定的年龄，就会养成适合自己的生活方式，也大致拥有了社会地位，在此之后再对自己作为人的价值抱有深深疑问的话，就要从另外的层面解答了。我总觉得自己至今为止所打发掉的人生，完全是无意味的、徒劳的。年轻的话，还有变革的可能，还能图抱希望。但到了这把岁数，过去的重荷就会沉甸甸地压将下来，简单的重塑变得无效。"

"你是在读了纳粹集中营的书之后，才开始认真思考这些问题的吧。"我说道。

"嗯。所写的内容，让我受到了无可名状的个人式的震撼。再加上和她的未来也不明朗，以致在相当长的一段时间里，我好像陷入了轻度中年忧郁的状态。所谓自己究竟为何物？一直持续不断地思考。不过，再怎么思考，都寻觅不到类似的出口。只是在同一地方转来转去罢了。以前愉快地干各种事，现在再怎么干都索然寡味。既不想运动，买服饰的意欲也无法涌起，连打开琴盖都觉得慵懒无聊。甚至连进食的心情也是全无。一人呆坐着，头脑里浮现出的全是她。工作上应对客人时，也在思念她。还情不自禁地叫唤她的名字。"

"你和那位女性见面的频率高吗？"

"因时期而完全不同。全随着她丈夫的日程。这也是我感觉痛苦的一个原因。他长时间出差的时候，我们就持续见面。那个时候她或者把孩子放在娘家，或者雇一位保姆。不过，只要她的丈夫在日本，多少个星期都不能见面。那个时期相当难熬。只要一想到这样下去再也见不到她，对不起，用句陈腐的表述，身体好像被撕裂成了两半——撕心裂肺。"

我默然无声地倾听他的叙述。虽然他的语言选择并无新意，但也听不出陈腐。反过来倒也听得出发自肺腑。

他缓慢地深呼吸。"通常我大致有好几位女友。可能会让人惊讶，多的时候有四至五位。与某个不能相见的时期，就和其他女友幽会。如此这般倒也自在放松。不过，自从被她强烈地吸引之后，就感受不到其他女性那种难以想象的魅力了。即便与其他女性幽会，头脑中的某个地方总有她的音容笑貌，难以驱逐。确实是重病。"

重病？我思虑到。眼前浮现出渡会打电话叫救护车的光景。"喂，喂，请火速派一辆救护车，确确实实的重病。呼吸困难，胸口马上要胀裂成两段——"

他继续说道："一个棘手的问题是，对她知根知底得越多，就越喜欢她。虽然已经交往了一年半，但与一年半前相比，现在对她痴迷得更深了。现在我感觉到，她的那颗心和我的这颗心，好像被什么东西紧紧地拴在一起了。她的那颗心一跳动，我的这颗心也随之被拉紧。就像用缆绳拴住的两艘小船一样。即便想要砍断缆绳，但到处都觅不到能砍断缆绳的刀具。这是从未体验过的感情，它令我不安。我想，这样下去，如果感情再一个劲地走往深处的话，自己又将变得如何呢？"

"确实如此。"我说道。但渡会好像渴望着更有实质性的答复。

"谷村，我究竟怎样做才好呢？"

我说道：怎样做才好？至于具体的对策我也不清楚。不过我觉得，就听到的这些话而言，如今你心里感受到的这些事，总的说来还是规矩在理的。因为所谓的爱恋，原本就是那种感觉。变得不能自己掌控自己的理智，感觉到像被非理性的力量所翻弄。总之，你并没有经历脱逸世俗常识的异样体验。仅仅是认真地恋上了一名女性而已。感觉上不想失去所爱之人，永远想见所爱之人。如果有一天不能相见，或许就是这个世界灰飞烟灭之日。那是世间每每都能看到的人之常情。既不奇怪也不异常，极为常见的人生镜头。

渡会医生抱着胳膊，对我所言再度思忖斟酌。他好像不能很好地理解某句话。说不定就是"极为常见的人生镜头"这句话。或许这作为一个概念，他理解得很辛苦。或者事实上这句话还是脱逸了"相恋"这个行为本身。

喝完啤酒快要回家之际，他全盘托出了他的心里话。"谷村，我现在最为惊恐的，而且也最使我心如乱麻的，是自己的心中有怒气一样的东西。"

"怒气？"我有点吃惊地说道。因为我认为这是与渡会这样的人实在不匹配的感情。

"那是针对什么的怒气？"

渡会摇摇头。"连我也不明白。可以确定不是针对她的怒气。不过在见不到她或不能见她的时候，在自己的内心有时能感觉这种怒气的高涨。这是针对什么的怒气？即便自己也不能很好地把握。不过这确实是至今为止从未体验过的强烈的怒气。房间里存在的东西，抓到什么就想扔什么。椅子啦，电视机啦，书本啦，碗碟啦，匾额啦，想扔所有的东西。我想，那些东西该不会正好砸在楼下行人的头上，把人砸死啊。虽属荒唐之极，但那个时候真是这样想的。当然，现阶段还能控制这股怒气，不至于干出什么。不过，或许失控的一天迟早会到来。为此或许真的会伤害某个人。我也害怕。如是那样的话，我还不如选择伤害自己。"

对此我说了些什么呢？不太记得了。我想大概说了些不疼不痒的安慰话。因为他所说的那股"怒气"，究竟为何意？暗示了什么？那个时候的我，确实未能很好地理解。或许更为明白无误地说些什么就好了。不过，我在意的是，即便我明白无误地说了，恐怕也不会改变他以后所趋向的命运吧。

我们付完钱，走出店门各自回家。他提着球拍包钻进了出租车，从车内冲我招手。那成了我目睹到的渡会医生最后的身姿。这是暑气残留的九月即将结束时的事情。

从那以后，渡会就没有在健身房再露过脸。为了能见到他，我一到周末总去健身房，但他不在。周围的人也不知道他的消息。不过在健身房这样的事是不稀奇的。本来一直能见到的某个人，从某日开始突然消失。健身房不是工作场所，来与不来是个人的自由。所以我也并不那么在意。就这样过去了两个月。

十一月末一个周五的下午，渡会的秘书给我打来一通电话。他叫后藤。他用低沉圆润的嗓音说着话。这个嗓音让我回想起巴里·尤金·怀特（Barry Eugene White）❶的音乐，回想起 FM 节目在子夜时分经常播

---

❶ 巴里·尤金·怀特（1944 年 9 月 12 日—2003 年 7 月 4 日），美国著名黑人音乐领袖。这位格莱美获奖歌手和音乐制作人，凭借他磁性的嗓音和脍炙人口的歌曲深获听众喜爱，其唱片销量超过 1 亿张。

放的音乐。

"突然在电话里向您通报这样的事，心里很难受。渡会在上周四去世了。这周一，举行了只有家属参加的密葬。"

"去世?"我大为愕然地说道，"大概在两个月前，我最后见到他的时候，还蛮有精神的样子。究竟发生了什么事?"

电话那边的后藤，略微沉默后又开口说道："其实不瞒你说，我保管着渡会生前交给我的送你的东西。非常不好意思，能在什么地方见您一面吗? 我想那个时候能叙说详情。我随时随地都行。"

我说就现在可以吗? 后藤回道没有问题。我指定了一家在青山大街后街上的咖啡厅。时间六点。那里可以放松不受干扰地静静地说话。后藤不知道那家店，但他说会简单地查找一下。

我六点还差五分到达咖啡厅的时候，他已经坐在位子上。看到我走近他，便敏捷地站立起来。因为电话里的声音低沉，我猜想是个体格健壮的男人，但其实是个瘦高个。正如从渡会那里曾有耳闻，从容貌看来就是一位美男子。身着茶色的毛料西服，雪白的纽扣领衬衫上，系着暗墨的芥末色领带，合身得体。长发也梳理得整洁有度，刘海潇洒自然地散落于额前，髯须也是浓浓的。年龄在三十五六岁左右。如果之前没有从渡会那里听说他是个同性恋，那么看上去只是一位极为普通的注重仪表仪容的好青年（他还着实留有青年人的模样）。他喝着双份浓缩咖啡。

我与后藤简单地寒暄数句，也点了双份浓缩咖啡。

"非常突然地死去了。是吗?"我问道。

青年好似被迎面而来的刺眼阳光晒个正着一样细眯双目。"对。是这样。非常突然地死去,令人震惊不已。不过与此同时,他也是在煎熬无比,非常可怜的状态下死去的。"

我静静地等待下文。不过,他暂时——至少在我点的咖啡送来之前——似乎还是不想一五一十地叙说跟医生的死有关的事。

"我发自内心地尊重渡会先生。"年轻人改变话题说道,"即使作为一名医生,即使作为一个人,他也真的很优秀。受到他的亲切教诲还真的不少。他让我在诊所里干了将近十年,如果没有邂逅这位先生,我想就没有今天的我。他是个表里如一、情性率真之人。总是和蔼可亲,从不摆架子,注重一视同仁,因而受到大家的喜爱。我一次也没有听先生说过谁的不是什么的。"

如此而言,我也没有听到过他说别人不是的话。

"渡会倒是经常说起你。"我说道,"他说,如果没有你,他就不能很好地经营诊所,私生活也会变得够呛吧。"

我这么一说,后藤嘴角处浮现出凄惨而淡然的微笑。"不。我不是那种重量级的人物。仅仅是作为一名幕后者,只想尽可能地为渡会先生做些什么。为此,我以我的方式,拼命地努力。这其中也不乏欢乐。"

女服务员端来双份浓缩咖啡走开后,他终于开始触及医生之死的话题了。

"一开始意识到的变化,是先生不吃午饭了。这之前每天到了午饭时间，哪怕是粗茶淡饭之类的，他也一定会吃上几口的。他是个工作再忙，对饮食也决不马虎的人。但就是不知从哪天开始，中午完全什么东西都不吃了。即便这样规劝：您如果什么都不吃的话——他总是说：不必在意，只是没有食欲而已。那是十月初的事情。这个变化令我不安。这是因为先生是个不喜欢改变日常习惯的人。在他看来，日常的规律性比什么都重要。他不仅变得不吃午饭，不知什么时候起连健身房也不去了。本来一周去三次健身房，热情满满地游游泳啦，打打壁球啦，练练肌肉啦等等，但对这样的事似乎完全失去了兴趣。然后对仪表仪容也好像变得满不在乎。原本是个好清洁且洒脱之人，但不知如何表述才好，在外表上也渐次邋遢起来，有时数日续穿同样的衣服。而且他还总是处于深思发呆的状态，逐渐少言寡语，不久就基本不开口了，陷入神情恍惚状态的次数也变得多起来。我即便故意搭腔，也如同对牛弹琴。此外，在夜店与小姐交际的兴趣也全无了。"

"因为你是负责日程管理的，对他的这些变化是最为清楚的吧？"

"您说得对。特别是与女性的交往，对先生来说是重要的日常活动。也可以说是他的活力之源。这一切突然间完全归零这件事本身，即使再怎么思考，也绝非寻常之事。五十二岁还不是老态龙钟的年龄。大概谷村先生您也知道，在女性方面，渡会先生是相当游刃有余、积极入世的。"

"因为他是个对女性交往并不特别隐瞒什么的人。也就是说，并不是为了炫耀自己，说到底带有直率的意思。"

后藤青年赞同说："可不是吗，在这方面真是个非常直率之人。我也曾听到过各种说法。正因为如此，先生那样的突然变化，令我也遭到不小的震撼。之前先生对我没坦陈过一点心理话。不管遭遇怎样的事，就权当个人私密，放置于自己内心深处。当然我试探地问过。遭遇什么麻烦事了吗？有什么担心的事吗？但先生只是一个劲地摇头，对我没有敞开内心。几乎没能从他那里听说过什么。在我的眼前他只是日渐消瘦衰弱。明摆着的是有饭不吃。当然我也不能随意插足先生的私生活。虽然先生是直爽性格，但也不是会简单地邀人进驻自己私域的那种人。我虽然干了长时间的略似私人秘书的工作，但进入先生的住所只有一次。那还是出门忘了要紧的东西，让我去取的时候。他的住所能自由进出的，或许只是亲密交往中的女友们了。我也只能从远处焦躁地猜测而已。"

后藤说着，再次叹了一小口气，就好像对亲密交往中的女性表明一种失落的心情一样。

"你说是每天能看得出的消瘦衰弱？"我问道。

"是的。眼睛凹陷进去，脸色如同白纸失去色彩。脚步也跟跟跄跄，难以迈开步子，好像连拿手术刀的力气也没有了。当然手术什么的是不能做了。好在有技术良好的助手，所以让他来替代先生执刀。不过这样毕竟不能长久。我就到处打电话，单方面地取消早早的预约，事实上诊所也快接近停业状态了。不久，诊所完全看不到先生的身影了。这是十月底的事情。给先生的住所打电话没有人接。整整两天联系不上的状态还在继续。因为我保管着先生公寓的钥匙，所以在第三天的早晨，就用这把钥匙进入了先生的房间。确实，未经许可，擅入他室是不能为之的，但也着实担心，无法忍耐。

打开房门，屋子里冲出一股难闻的味道。地板所见之处，散乱着各类杂物。衣服也脱了一地，从西服、领带到内衣什么的。看得出至少有好几个月没有整理打扫了。窗户关得死紧，空气不畅。先生在床上，一动不动静静地侧躺着。"

青年好像还沉浸于不堪回首之中。闭眼，微微摇头。

"我一眼瞥去，心想先生已经死了吗。好像突然间心脏停跳似的。然而并非如此。先生枯瘦苍白的脸朝向这边，睁开眼望着我，时而眨一眨。虽属悄然无声，但还在呼吸。只是将被子盖到头颈，纹丝不动。我试着叫喊了几声，但毫无反应。干枯的嘴唇如同被缝上一般，紧闭不开。胡须疯长。我暂且打开窗，置换屋内的空气。看他这副模样，好像也不必紧急处置些什么，看上去本人也不是很痛苦的样子。为此决定先整理房间。屋子实在脏乱不堪。拾拢散乱一地的衣服，能用洗衣机洗的就开洗，该送往洗衣店的衣服，集中放入袋子。放掉浴缸里残淀的水，清洗浴池。看到浴池上粘附着清晰的水垢线，表明浴缸里的残水存放已久。这对喜好清洁的先生来说是不可想象的。他大概连定期清扫房间的钟点工也辞退了，因为所有的家具上都积满了白灰。略感意外的是，厨房的洗碗池几乎不见脏污，非常干净。这也表明厨房长时间也没有好好使用过了。只有多个矿泉水塑料瓶，横七竖八地散乱着。没有吃过什么食物的迹象。打开冰箱，冲出一股难以言状的难闻的霉馊味。冰箱里放置不问的食物变质了。什么豆腐啦，蔬菜啦，水果啦，牛奶啦，三明治啦，火腿肠啦，诸如此类的食物。我把这些食物取出，集中放置在一个大的塑料袋里，拿到公寓地下一层的垃圾放置站。"

青年把喝空的浓缩咖啡杯拿在手中，变换着角度凝视片刻。然后举目言道："将房间打扫得接近原状竟然花了我三个多小时。由于这期间窗户一直开着，所以令人不爽的味道也已基本消失。然而先生还是不开口。他只是用目光追逐着我在房间里的来回走动。由于脸容变得瘦细的缘故，能看到的是两眼比平时更大更具光泽。但是那双眼睛已经窥视不出任何的情绪色彩了。那双眼睛虽然在看着我，但实际上什么也看不见。如何比喻才妥帖呢？这眼睛就像是被设定成朝着动态物对准焦距的自动相机的镜头一样，只能追拍什么的物体。至于是不是我，我在那里正在干什么，这对先生来说已经变得无关紧要。那是一双非常悲哀的眼睛。那双眼睛我将一生难以忘怀吧。

"然后，我用电动剃须刀刮剃先生的胡须。用湿润的毛巾擦拭脸容，他完全不抵抗。即便再做什么也只是被动承受着而已。接着我打电话给先生经常就诊的医生。说明了事由后，医生马上赶了过来。然后问诊，简单的检查。这期间渡会先生还是金口不开。只是用毫无情感色彩的虚幻的目光，一动不动地注视我们的颜容。

"怎样说才好呢？这样的表述或许不妥当，看上去先生就是个活死人。一个真正的不得不埋于地下，绝食变成木乃伊的人，但由于不能抖落尘世烦恼，不能彻底变成木乃伊，故又爬出地面来。就是那样的感觉。当然是很过分的说法。但这正是我那时真实的感觉。已经魂飞魄散，也没有重新返回的希望。即便是身体器官还在不言放弃地独立驱动着。就是那样的感觉。"

青年为此反复摇头。

"实在对不起，我占了太长时间。长话短说。简单地说，渡会先生好像得了厌食症。几乎不吃任何东西，只用水维持着生命。不，正确地说也不是厌食症。众所周知，患上厌食症的几乎都是年轻的女性。为了美容，以减肥为目的不太进食。在此期间，自己把减重当成了目标，慢慢几乎什么都不吃了。极端地说，体重成零是她们的理想。因此，中年男性得厌食症什么的，几乎没有。但是渡会先生的情况，从表象上看好像也是这么一回事。当然，先生不是为了美容而这样做的。我觉得他变得不进食，是名符其实的茶饭不思，食不下咽。"

"相思病?"我说道。

"或许接近这个说法。"后藤青年说，"也可以这样说，或许先生有个愿望，就是使自己近乎于零。或许先生想使自己成无。不然，饥饿的痛苦不是普通人所能忍受的。自己的肉体接近零所带来的欢乐，或许能战胜那种痛苦。这大概与被厌食症纠缠的年轻女性一样，边减体重边感受。"

我试着想象躺在床上的渡会一边义无反顾地不弃恋心，一边像木乃伊般瘦细的模样。但是只能浮现出他集开朗、健康、美食家、注重仪表于一身的形象。

"医生注射了营养液，招来护士准备打吊针。但是注射营养液什么的，其作用也是有限的，至于打吊针，如果本人要想拔取的话，尽管能拔取。再说我也不能昼夜陪着他。即便勉强让他吃点什么，也是吐出来。让他住院的话，其本人反感的话也不能勉强带去。那个时候渡会先生已经决心放弃继续活下去的意志，并将自己无限度地归零。周围的人即便做点什么，即便再注射多少营养液，也都不能阻挡这个趋势。看着饥饿贪婪地侵蚀他的身体的模样，我们只能袖手旁观。真是痛心每一日。不能不做些什么，但实际上什么也不能为之。若说救命，但先生好像并不感到怎样的痛苦。至少在那些日子里，我没有瞥见他呈现出痛苦不堪的表情。我每天去先生的住所，检查邮件，打扫卫生，坐在正躺在床上的先生的身边，天南海北地扯起话题。报告诊所的业务啦，唠些家常话啦等等。不过先生还是一言不发，类似的反应也没有。意识有无都不知道。只是一直沉默，用缺乏表情的大眼睛，凝视着我的脸。那双眼睛不可思议的清澈透明，好像能看透对面似的。"

"是不是与女性之间发生了什么？"我询问道，"我听他本人说过，与一位有丈夫有孩子的女性交往得非常深。"

"对的。先生在不久之前，就与这位女性真心且认真地交往起来。但不是平时轻松玩乐的那种关系。然后与那位女性之间好像发生了什么严重的事情。然后真是出于那个原因，使先生丧失了活下去的意志。我曾试着打电话到那位女性的家里。不过不是她，而是她的丈夫接的电话。我说道：就诊所预约的事想与你太太说几句话。她的丈夫回答道：她已经不在这个家了。我又试探地问：电话打到哪里能与她通上话？她的丈夫冷冷地回应道：那样的事我不知道。就这样挂断了电话。"

他又稍稍沉默。然后说道："长话短说。那之后我总算查明了她的住处。她抛下她的丈夫和孩子，离家与另一个男人生活了。"

我一时失语。一开始没有抓住他的话语要领。然后才说道："也就是说她把她丈夫、渡会都甩了？"

"简单地说就是那样。"青年好像难于启齿地说道。然后轻轻地皱起眉头。"她有第三个男人。虽然具体的原委不清楚，但好像是比她小的男人。当然只是我个人的看法，好像隐约觉得是不太地道的那种男人。"为了和那个男人私奔，她离家出走了。可以说渡会先生只不过是一块方便的踏脚石般的存在，然后关系良好被利用了。有迹象表明，先生在那位女人身上可花了大钱。从调查银行存款和信用卡使用记录来看，了解到有相当不自然的大笔钱被动过。这可能是买高价礼物什么的而用了钱，或者有人向他借了钱。关于这些欠款的使用途径，也没有留下明确的证据。虽然详情不明，但在短时间内被提取的钱是一笔大数字。"

我重重地叹了口气。"那真算服了啊。"

青年点头。"比如说，如果那位女性这样回绝先生：看来还是难以与丈夫和孩子分离，所以我想与你的关系就此断然解除。我认为还能被容忍。因为先生至此为止都真心实意地爱着她，所以她这样回绝，虽然对先生来说当然也会深感失望吧，但还不至于把自己追逼到死的边缘。只要话语本身在理，跌入再深的池底，总有一天也会浮上来的吧。但是这第三个男人的出现，然后自己的身体（价值）常被利用这个事实，好像对先生来说是相当致命的打击。"

我听了只是无语。

"死去的时候，先生的体重降到了三十公斤左右。"青年说道。"平时超过七十公斤的人，现在只有一半以下的体重。宛如退潮时海边裸露出突兀不一的岩石，先生也是瘦得尽显肋骨排排，像惨不忍睹的骨头架般。那使我回想起以前在纪录片里看到过的，从纳粹集中营刚被救出的犹太人囚犯瘦骨嶙峋的身姿。"

集中营。不错。从某种意义上来说，他持有正确的预见。所谓自己，究竟为何物？最近经常这样想。

青年继续说道："从医学上说，直接死因是心力衰竭，心脏失去了输送血液的力量。不过，要我说的话，那是相思之心招致的死。名符其实的相思病。我好几次给她打电话，拜托能说明事由。真正地低三下四地恳望。一次也可以，一点点时间也可以，能来见一下渡会先生吗？这样下去的话，先生怎么都会丧命的。但是她没有来。当然，如果让那位女性在先生面前露面的话，我并不认为先生会以不死来结束这件事。先生早已有了死的觉悟。不过如果她能来见先生的话，或许会发生诸如奇迹般的什么事。或许先生会抱着另一种心情死去。或者，她的露面也可能只会使先生的思维更加混乱，使得先生那颗已受伤的心，痛上加痛。但究竟会如何，无人知晓。坦诚而言，关于这件事我也有好多不明之

处。不过，明白的只有一件事。那就是因相思而食不下咽并为此丧命的
人，在这世上大体没有。您不觉得吗？"

我表示同意。确实，这种事从他人那里没有听到过。从这个意义上
说，渡会一定是个特殊之人吧。听我这样一说，后藤青年双手遮脸，不
出声地哭泣。看得出他是真心喜欢渡会先生。想安慰他，但实际上我能
做的事什么也没有。稍后，他停止哭泣，从裤子口袋里取出干净的白手
帕，擦拭泪水。

"实在对不起。让您看到了无趣的一面。"

我说，为了谁而哭泣并不是无趣的表现。特别是为了死去的重要的
人的话。后藤青年对我示谢："谢谢。您这样一说，我心里多少踏实
些了。"

他从桌下取出壁球球拍盒交给我。球拍盒里放着黑骑士（Black
Knight)❶ 的新品。一看就是高档产品。

"渡会先生收存的东西。预订下的单，但到货的时候，先生打壁球
的气力已经丧失殆尽，就拜托我送给您。先生临终之际，好像突兀地一
时回光返照似的，交代给我好多必要的遗言。这副球拍就是其中一个。
如果不介意的话请使用吧。"

我收下球拍道谢，然后询问了诊所的情况。

"暂时处于停业中。但我看早晚要关闭，或者以连设备带铺垫的形

---

❶ 总部位于加拿大温哥华的运动品牌公司，是全球最著名的球拍制造商之一，拳头产品是壁球拍和羽毛球拍。

式一起兑出。"他说道，"当然还有些事务交接，暂时还让我帮忙。但之后的事还未决定。我也需要少许的心情调整。就目前而言，我对正经之事难以思考的状态还将持续。"

我衷心地期望眼前的这位青年能从打击中恢复过来，好好地度过今后的人生。分手之际他说道："谷村先生，或许有点过分，但有一件事想拜托您，请永远记住渡会先生。先生是一个无论到哪里都拥有一颗纯真之心的人。而且我是这样想的，我们对待死去之人，能够做的就是尽可能长地将那人存放于记忆之中。不过，这绝非嘴上说的那么容易。也不是谁都可以这样拜托的。"

是那样的。我答道。长时间地记住死去的某个人，并不是想象的那么容易。我将尽可能地为记住他而努力。我这样约定。渡会医生的心地是否到哪里都是纯真的问题，那是我无法判断的，但从某种意义上说他是个不寻常的人物，仅凭这点就具有存放记忆的意义吧。然后，我俩握手告别。

也是那样的由头，说来也是为了不忘却渡会医生，我写了这篇文章。这是因为对我来说，为了不忘记什么，最为有效的手段就是写点文字留下。为了不给有关人员添麻烦，人名和场所稍许有点变化，但事情本身大体是现实中遭遇到的。我想后藤青年如果能在哪里读到这篇文章就好了。

关于渡会医生的话题，我还牢记一件事。他究竟是在怎样的背景下

说出那样的话的，如今难以想起了，但好像在某一日，他就女性这个整
体跟我说过一个见解。

渡会的个人见解认为：为了编织谎言，所有的女性都天生地装置着
类似特别的独立器官的东西。怎样的谎言，在哪里，用什么方式编织，
因人而异稍具不同。但是所有的女性在某个时刻必定编织谎言，而且是
在重要的事情上说谎。当然，不重要的事她们也说谎。但这里说的是她
们在最重要的事情上，毫不犹豫地编织谎言。而且那个时候几乎所有的
女性都是面不改色，声不变音。之所以这样，是因为那个时候的她并不
是她，而是她身上装置的独立器官随意驱动了起来。正因为如此，因编
织谎言而使她们美好的良心遭受苦恼啦，她们安乐的睡眠遭受破坏啦等
这类事——特殊的例外另当别论——大体不会发生。

因为从他嘴里能说出如此新颖的明确见解，所以我印象很深，能清
楚地记得那时的事情。

对渡会医生的那个见解，我也基本赞同，但其中所包含的具体感
受，或许多少有点差异。大概这就像我和他沿着各自的攀登路线，心情
不佳地到达了同一个山顶一样吧。

毫无疑问，他在死前要做的一件事，或许就是毫无喜悦地确认自己
的那个见解并没有错。不言而喻，我觉得渡会医生非常可怜。对于他的
死，我从心里悼念他。断食，被饥饿折磨而死，这是要有相当觉悟的
吧。无论在肉体上还是在精神上，他足以体察到那种痛苦。但与此同
时，用期望让自己的存在接近零般深爱一个女性——暂且不说是怎样的

一位女性——让他爱上这件事，从某种意义上来说我是不无羡慕的。这样下去的话，他完全可以持续他一直以来的富有技巧的人生，并使之圆满。同时与多位女性随意交往，摇曳着芳醇的黑皮诺葡萄酒杯，用起居室的三角钢琴弹《曼维》（My Way）❶，也能在都市某一角，欢乐地持续愉快的情事。但他还是坠入到食不下咽的痛切之恋，踏入一个全新世界，而入眼的是至今未曾看到过的光景，其结果是逼迫自己走向死亡。如果借用后藤青年的话语，就是让自己接近无。对他来说，怎样的人生才是最终意义上的幸福？或者说怎样的人生才是真正的人生？对此我无从判断。从那年九月到十一月间渡会医生所经历的命运，对后藤青年来说是这样，对我来说同样也是，未知的事情毕竟还有很多。

我还继续打壁球，但在渡会死之后，当然也有搬家的关系，我换了一家健身房。新的健身房大体以专属会员为对象。费用虽高点，但也更舒畅。渡会医生给我的球拍基本没用。其理由是太轻。而且手中一感觉球拍的轻，无论如何都会浮现出他瘦弱的身体。

她的那颗心一跳动，我的这颗心也随之被拉紧。就像用缆绳拴住的两艘小船一样。即便想要砍断缆绳，但到处都觅不到能砍断缆绳的刀具。

---

❶ 一首欧美著名英文流行乐曲，旋律源自法国名曲《一如往日》（Comme d'habitude），法文原版由克罗德·法兰索瓦（Claude François）、雅克·赫霍（Jacques Revaux）及吉尔·提伯（Gilles Thibaut）在 1967 年共同创作，随后由保罗·安卡（Paul Anka）改编成英文版，1969 年首次收录在弗兰克·西纳特拉（Frank Sinatra）同名大碟，自此风靡全球。这首歌不但成为西纳特拉的代表作，在流行文化上也常被用作为告别曲，表示一场表演的结束或一个人的离开。在英国是最受欢迎的丧礼挽曲。相比英文版哀伤的曲调，法文版的配乐则有忧伤、轻快及摇滚版本。

我们后来觉得，他是被错误的小船给拴住了。但是能如此简单地断言吗？想是能想到，但和那个女性（大概）运用独立器官编织谎言一样，虽然意义肯定多少有点不同，渡会医生也运用独立器官在恋爱。那是本人意志无法左右的他律作用。事后局外人自行其是地品头论足，悲伤地摇摇头总是容易的。但是，我们的人生有如大潮会大起大落，心灵会受到迷惑，看到美丽的幻象，时而还会被逼迫至死，如果没有那样的器官介入，我们的人生会变得相当平淡无奇吧。或许就在单纯技巧的罗列中终其一生。

自己选择了死亡之际，渡会想到了什么？还是什么也没想？当然无法知晓。但是即便在那深深的苦恼和痛苦中，就算只是转瞬即逝的，似乎唯有传递留给我那副不曾使用过的壁球拍的意识曾经回来过。但也许他在那副球拍上寄托了某种信息：自己为何物？临终时，可能他看到了类似答案的东西。然后渡会医生可能想把这个答案传达给我。我也有那样的感觉。

山鲁佐德

岳 远 坤 —— 译

　　她每和羽原做一次爱，都会给他讲一个有趣又玄妙的故事，就像《天方夜谭》中的王妃山鲁佐德一样。当然，和故事中不同，羽原完全没有在天亮时将她杀掉的想法（当然，她也从来没在羽原身边睡到过早晨）。她给羽原讲故事，只是因为她自己想那样做。或许也是想慰藉一下每天只能待在家中的羽原。但是，不仅如此。或者说，更多的可能是因为她喜欢在床上与男人进行亲密对话这个行为本身，尤其是在做完爱之后那段只有他们两个人的慵懒时间里——羽原这样猜测。

　　羽原将那个女人命名为山鲁佐德。他没有当着她的面说起过这个名字，但是在她来的那天，他会用圆珠笔在自己每天用来记事的那个小小的日记本上写上"山鲁佐德"，然后简单地记下那天她给他讲的故事——简单到即便日后有人看到这篇日志也看不明白的程度。

　　羽原不知道她给自己讲的那些故事是真实发生的还是凭空虚构的，抑或是真假参半的。要区分这真真假假是根本不可能的。在这些故事中，现实与推测、观察与梦想似乎交织在一起，难以区分。因此，羽原并不一一追究这些故事的真伪，只是一心倾听她的故事。真实也好，谎言也罢，抑或是错综交织的真实与谎言，它们的区别对于现在的自己来说又能有多大意义呢？

　　不管怎么说，山鲁佐德掌握着一种引人入胜的讲话技巧。不管什么类型的故事，通过她的嘴讲出来，都会变成一个特别的故事。她的语调、停顿的节奏和故事的展开方式都是完美的。她先让听者对故事产生兴趣，再故意使坏卖个关子，引导对方思考和猜测，然后准确地给听者一个他想要的结局。这种超凡的技巧，能让听者忘掉周围的现实，即便这种遗忘是暂时的。她的故事，就像用湿毛巾擦黑板一样，将羽原心中那些挥之不去的痛苦回忆或者他想要努力忘掉的忧心事擦得一干二净。羽原觉得仅是这样便已经足够。或者说，这才是现在的他最想要的。

山鲁佐德今年三十五岁，比羽原大四岁，基本上是一个家庭主妇（只是她有护士资格证，好像偶尔在必要时会被叫去工作），有两个上小学的孩子。丈夫在一个普通的公司上班。她家距这里有二十多分钟的车程。反正这就是她告诉羽原的有关自己的（几乎）全部信息。当然，羽原无从查证这些信息是否属实。虽然如此，他也没有什么特别的理由一定要去怀疑这些信息的真实性。她没有告诉他自己的名字。"也没必要知道我的名字吧。"山鲁佐德对他说。的确如此。她对于他来说始终只是"山鲁佐德"，暂时没有因此产生什么不便。她也从来没有叫过他的名字——当然，她应该知道他叫羽原。她小心翼翼地避开他的名字，似乎觉得将他的名字说出口是一种不吉利或者不适当的行为。

无论用多么友善的目光去看，山鲁佐德的外表也都和那《天方夜谭》中的美丽王妃没有丝毫相似之处。她是一个全身开始增生赘肉（就像用油灰填满缝隙一样）的地方城市的家庭主妇，看起来已经稳步踏入中年的行列了。下颌已有几分变厚，眼角刻着苍老的皱纹。发型、服装和化妆虽然并不敷衍，但也不会让人感到眼前一亮。长相虽然不差，却没有特别吸引人的地方，给人一种平淡无奇的印象。一般人即便与她在大街上擦身而过或者同乘一个电梯，大概也都不会注意到她。或许十几年前她也曾是一个充满活力的可爱女孩，有那么几个男人会回头看她一眼。但是，即便如此，那样的日子也已经在某个时刻落了幕。现在还没有迹象表明这个幕会被再次拉起。

山鲁佐德每周来这个"房子"两次。虽然她没有固定在周几过来，但从来没有在周末来过。或许周末她需要和家人待在一起。在现身的一个小时前，她肯定会打来电话。她会在附近的超市买一些食品，装到车上带过来。那是一辆蓝色的马自达小型车，老车型，后保险杠上有明显的凹痕。车轮已经因污渍变得乌黑。她将车停在这个"房子"的停车位，打开后备厢，取出购物袋，两手抱着，按响门铃。羽原从门孔里确认门外是她之后，打开锁，解下门链，打开门。然后，她便直接去厨房，将自己带来的食物分门别类放进冰箱，再写一个购物清单，列出下次来的时候要买的东西。她看起来是个有能力的家庭主妇，干起活来很熟练，动作干脆利落，不拖泥带水。在做完事情之前，她几乎都不开口说话，始终一脸认真。

在她做完这个工作之后，两人谁也不开口说话，像被一种无形的海流推着似的，自然而然地走到卧室。然后，山鲁佐德一言不发，迅速脱掉衣服，和羽原一起躺到床上。两人拥抱在一起，几乎不说话，简直就像是合作完成一项被指派的任务，按照一系列的程序做爱。若是在月经期，她便用手为他解决，达到目的。她那熟练而又多少有些事务性的手法，让他想起她持有护士资格证。

两人做完爱之后，继续躺在床上说话。说是说话，其实主要是她

说，羽原只是随便附和几句，或偶尔问个简短的问题而已。然后，当钟
表的指针指向四点半的时候，山鲁佐德就会收场（不知道为什么，这个
时刻总是在故事进入佳境的时候到来），哪怕故事还没有讲完。她从床
上下来，将散落在地上的衣服拾起来穿上，准备回去。她说自己得去准
备晚饭。

羽原在玄关送她离开，再挂上门链，透过窗帘的缝隙看着那辆脏兮
兮的蓝色小型车驶去。到了六点，他便从冰箱中拿出食材做点简单的饭
菜，一个人吃。他当过一段时间厨师，因此做饭对于他来说一点都不
难。吃饭的时候喝巴黎水（Perrier）❶（他滴酒不沾），饭后一边喝咖啡
一边看电影 DVD 或者读书（他喜欢那种需要花时间去读而且要反复读
的书）。除此之外，他也没有什么别的事情可做。没有聊天的对象，也
没有打电话的对象。没有电脑，因此也不能上网。没有订报纸，也不看
电视节目（这有一个合理的理由）。当然，他也不能出去。万一山鲁佐
德因为某种缘故不能再来这里，那么他将与外界断绝一切联系，独自一
人留在真正的陆中孤岛上。

但是，这种可能性并没有让羽原感到特别不安。"这个状况必须靠
我自己的力量处理。虽然艰难，但是应该可以想办法挺过去。不是我独
自待在孤岛上……"羽原心想："不是，而是我本身便是一座孤岛。"他

---

❶ 一种天然有气矿泉水。制作巴黎水的水源位于法国南部，靠近尼姆市韦尔热兹镇的孚日山脉。该种水是天然有气
矿泉水与天然二氧化碳及矿物质的结合。

原本便已经习惯了独处。即便孤身一人，他也不会那么容易变得消沉。让羽原感到担心的是，如果事情变成那样，他便不能和山鲁佐德一起躺在被窝里说话了。说得更直白一些，那就是他便听不到山鲁佐德给他讲故事的续篇了。

在这个"房子"中安顿下来后不久，羽原开始蓄起了胡子。原本他便胡须浓密。当然他这样做是为了改变一下自己的外观，但是他的目的并不仅仅止于此。他之所以开始蓄胡子，主要是因为没有什么事情可做。如果有了胡子，他便可以经常把手放在下颌、鼻子下面或者鬓角，享受触摸的感觉。用剪刀和剃须刀修剪胡子的形状，也可以消磨时间。他这才发现，原来仅仅留个胡子，便能打发无聊。

"我的前世是条七鳃鳗。"一天，山鲁佐德躺在被窝里这样说道。她说得那么干脆，就像对人说"北极点在遥远的北方"一样若无其事。

羽原完全不知道七鳃鳗是一种什么样的生物，长成什么样子。所以他也没有特别讲述自己的感想。

"你知道七鳃鳗怎么吃鳟鱼吗？"她问道。

"不，不知道。"羽原回答道。就连七鳃鳗吃鳟鱼这件事本身，他也是第一次听说。

"七鳃鳗是没有上下颚的。这是七鳃鳗和普通鳗鱼最大的不同。"

"普通的鳗鱼有上下颚么？"

"难道你没仔细观察过鳗鱼吗？"她吃惊地说道。

"鳗鱼倒是偶尔会吃，但是总没有机会看到鳗鱼的上下颚。"

"下次有机会好好观察一下吧，去一下水族馆什么的。普通的鳗鱼有上下颚，也有牙齿。但是呢，七鳃鳗是完全没有上下颚的。相反，它的嘴长得像吸盘。它用这个吸盘吸附在河底或湖底的石头上，倒立着身子来回摇摆，就像水草一样。"

羽原开始在脑海中想象很多七鳃鳗像水草一样在水底来回摇摆的情景。那似乎是一种脱离现实的光景。但是，羽原知道，现实往往是脱离现实的。

"七鳃鳗实际就是生活在水草当中的。它们悄悄地藏在那里，等鳟鱼从上方游过时，便迅速游上去，用吸盘吸附在它的肚子上。然后像水蛭一样，紧紧地贴在鳟鱼的身上，过上寄生的生活。它们的吸盘内侧有一个像长着牙齿的舌头一样的东西。它们将它当成锉刀，使劲在鱼的身体上打开一个洞，一点点地吃它们的肉。"

"我不太想变成鳟鱼呢。"

"据说，在罗马时代，很多地方都有养殖七鳃鳗的鱼池。那些不听话的狂妄奴隶会被活生生地扔进池子里，被七鳃鳗吃掉。"

"我也不想当罗马时代的奴隶。"羽原心想，"当然，什么时代的奴隶都不想当。"

"上小学的时候，我第一次在水族馆看到七鳃鳗，读到介绍其生态的说明文字时，我突然意识到自己的前世就是它。"山鲁佐德说道，"因为，我有着清晰的记忆。我记得自己在水底吸附在石头上，藏身在水草间来回摇摆，看着那些胖胖的鳟鱼从上方游过。"

"那咬鳟鱼的记忆呢?"

"那倒没有。"

"太好了。"羽原说道，"你七鳃鳗时期的记忆，就只有这些吗？只是在水底来回摇摆?"

"前世的事，不会一股脑儿全都想起来的。"她说道，"幸运的话，遇到某个契机，就能想起来一点点。完全是突发性的，就像是从小孔里看高墙对面的世界一样，只能看到那里的一小部分风景。你能想起自己前世的一些事吗?"

"一点儿也想不起来。"羽原说道。说实话，他自己也不想去回忆前世的事。现在周遭的这些现实，已让他自顾不暇。

"但是，待在湖底挺好的。用嘴紧紧地吸附在石头上，倒立着身子，看着从上面游过的鱼。我还见过一只很大很大的甲鱼呢。从下面看，它简直就像《星球大战》里那种凶恶的太空船一样庞大，乌黑。嘴又长又尖的大白鸟像杀手一样对鱼发动袭击。从水底看那些鸟，它们仅仅就像是蓝天上的流云。我们待在水底深处，又藏身在水草中，所以那些鸟不能把我们怎么样，我们是安全的。"

"你能看到那种光景啊。"

"是啊，看得真真切切。"山鲁佐德说道，"那里的光、水流的触感……我甚至能想起自己当时思考的事情，有时还能进入那个光景当中。"

"思考的事情?"

"是啊。"

"原来你在那里还会思考啊。"

"当然。"

"七鳃鳗会思考什么呢?"

"七鳃鳗啊,会思考非常七鳃鳗式的事情。按照七鳃鳗式的逻辑,思考七鳃鳗式的主题。但是,我无法将其置换成我们的语言。因为,那是为水中的东西而进行的思考。就像我们作为婴儿在胎内的时候一样,虽然知道自己曾在那里思考过,却无法用世间的语言把自己当时的想法表达出来,对吧?"

"莫非你能想起在胎内时的事?"羽原吃惊地问道。

"当然。"山鲁佐德若无其事地回答,然后在他怀里微微歪了歪头表示不解。

"你想不起来吗?"

羽原说自己想不起来。

"那改天我再给你讲,我胎儿时期的故事。"

羽原在那天的日记中做了如下记录:"山鲁佐德、七鳃鳗、前世。"

即便别人看到这篇日记,大概也不知所云吧。

羽原和山鲁佐德第一次见面是在四个月前。羽原被送到北关东地区一个地方小城市的"房子"里,住在附近的她作为"联络员"负责照顾羽原。她的职责是为不能外出的羽原购买食品和各种杂货，送到"房子"中。有时也按照他的希望买一些他想读的书、杂志和他想听的CD之类的。有时她也会随便找一些电影的DVD带过来（只是羽原不是特别理解她的选择标准）。

羽原在那里安顿下来之后的第二周，山鲁佐德就像是在做一件理所当然的事情，邀他上了床。避孕套也从一开始就准备好了。或许这也是她被安排的"援助活动"之一。不管怎样说，这件事是对方主动提出来的，在一系列的流程中显得顺理成章。她在这个过程中没有表现出一点不知所措或犹豫，他也没有反对这个流程。他还没有搞清事态的前因后果，便跟着山鲁佐德到了床上，拥有了她的身体。

与她做爱的过程，几乎称不上是充满激情的，但也并非从头到尾都是事务性的。即便起初她做这件事只是为了完成一项被安排的（或者是被强烈暗示的）职责，但是，从某个时刻开始，她似乎也能够在这个行为中（即便只是局部的）发现一定的愉悦了。羽原从她肉体反应的细微变化中感觉到了这一点。他对此也感到很高兴。不管怎么说，他并不是一个被关进牢笼的凶猛野兽，而是一个有着细腻情感的人。仅以满足性欲为目的的性行为虽然在某种程度上是必要的，却并不能让人感到特别愉悦。虽说如此，羽原还是无法分辨，山鲁佐德在多大程度上将自己与他的性行为当成自己的职务，又在多大程度上将其当成自己的私人行为。

不仅仅是性爱。她为羽原所做的所有日常性行为，到哪儿为止是规定的职务，又从哪儿开始是她出于善意的私人行为（从根本上来说，这是否能称为善意还是一个问题），羽原都无法判断。在各个方面，山鲁佐德都是一个让人很难看出其感情和意图的女人。比如，她一般总是穿着材质简单、没有任何修饰的内衣，也许是一般三十多岁的家庭主妇日常所穿的那种（当然，羽原以前从来没有和三十多岁的主妇交往过，这始终只是他的推测），是那种超级大卖场的促销品。但是，有时她也会穿一件款式十分考究、性感撩人的内衣。不知道她是从哪里买来的，那内衣无论怎么看都好像是高档货，做工精致，使用美丽的丝绸材质，有精致的蕾丝边修饰，深颜色。羽原无法理解这种天壤之别究竟是因何种目的或原因而产生的。

另外，还有一件事让羽原感到困惑。那就是他与山鲁佐德的性行为和她讲的故事交织在一起，无法区分。他无法将其中的一件事单独拿出来。自己与一个不是特别吸引自己的人发生并非特别激情的肉体关系，并以这样的形式与这种肉体关系紧密地关联在一起（或者说是缝在一起）。之所以这么说，是因为羽原从来没有经历过这种情况，这使他心里产生了一点轻微的混乱。

"十几岁的时候……"一天，山鲁佐德躺在床上，像告白似的说道，"我时常私闯别人家的空宅。"

她的故事大抵如此。羽原此时也没能说出合适的感想。

"你有没有私闯过别人家的空宅?"

"应该没有。"羽原声音干涩地说道。

"那种事，做过一次好像就会上瘾。"

"可那是违法的吧。"

"是啊，如果被人发现的话，就会被警察逮捕。私闯民宅加盗窃（或盗窃未遂），可是重罪呢。可是，我明知道那样做不好，却欲罢不能。"

羽原默默地等她接着往下讲。

"趁别人不在的时候进入别人家里，最妙不可言的地方首先就是安静。不知为何，真的是悄无声息。那里可能是世界上最安静的地方了。我有那种感觉。在那种静寂当中，一个人一动不动地只是坐在地板上，就自然变回了七鳃鳗时期的自己。"山鲁佐德说道，"那真是妙不可言。我的前世是七鳃鳗这件事，我记得好像跟你讲过吧?"

"听你说过。"

"和那种感觉一样。我用吸盘紧紧地吸附在水底的石头上，尾巴朝上，在水中来回摇摆。跟周围的水草一样。周围真的很安静，听不到一点声响。或者也有可能是我没长耳朵。晴天时，阳光像箭一样从水面上直射下来。那光有时会像棱镜一样晶莹闪烁，四处发散。各种颜色和形状的鱼从头顶慢慢游过。我什么也不想。或者说，我心中只有七鳃鳗式的想法。那想法虽然模糊，却很干净。虽然并不透明，却没有掺杂一点杂质。我是我，我又不是我。我沉浸在这样的心情当中，不知为何，感觉真是好极了。"

山鲁佐德第一次侵入别人家里是在高中二年级的时候。当时她在当地的一所公立高中上学，喜欢上同班的一个男生。他是一个足球运动员，个子高高的，成绩也好。虽不能说特别帅气，但看起来干净清爽，给人的感觉很好。但是，她的爱情就像大多数高中女生的爱情一样没有得到回报。他好像对班上的另外一个女生有好感，看都不会看山鲁佐德一眼。他从来没有跟山鲁佐德说过话，甚至可能根本不知道她和自己是一个班的。但是，她无论如何也无法忘掉那个男生。只要一看到他，她就喘不上气来，有时甚至几乎要吐出来。如果这样下去什么也不做的话，可能会疯掉。但是，她也从来没有考虑过向他表白爱意。即便表白也不可能如愿以偿。

一天，山鲁佐德旷课去了那个男生家。从山鲁佐德家步行到他家大约需要十五分钟。他家里没有父亲。他父亲原本在水泥公司上班，但是几年前在高速公路上遭遇车祸去世了。母亲在邻市的一所公立中学当国语老师。妹妹上初中。所以，白天他家应该是没有人的。她提前调查好了他的这些家庭情况。

玄关的门自然是锁着的。山鲁佐德试着在玄关的门垫下面找了一下，在那里找到了钥匙。这里是一个地方小城市的住宅区，悠然安静，也几乎没有发生过什么违法犯罪的案件。所以人们并不特别注意关门闭户，经常会把钥匙放在玄关的门垫下面或者附近的盆栽下面，以防有家人忘带钥匙。

出于谨慎，山鲁佐德按响门铃后等了一会儿，确定无人应答，又往周围看了一下，确定没有邻居看到，才用钥匙打开门走了进去，从里面将门反锁上，脱掉鞋子，用塑料袋装好，放进自己的背包里，然后蹑手蹑脚地上了二楼。

他的房间果然在二楼。小小的木制床干净整洁。放满书的书架、大衣柜、书桌。书箱上面放着一个小型音箱和几张 CD。墙上有一幅巴塞罗那足球队的挂历，挂着一面像队旗一样的东西，除此之外墙上再也没有一件像样的装饰品了。没有照片也没有画。只有奶油色的墙壁。窗子上挂着一幅白色的窗帘。房间收拾得十分整洁。既没有乱放的书，也没有脱下来的衣服。桌子上的所有文具都放在固定的位置。这很好地体现出这个房间的主人一丝不苟的性格。或者也有可能是母亲每天都认真细致地收拾房间。也有可能这两方面的原因都有。这让山鲁佐德感到紧张。如果那个房间又脏又乱，那么即便自己弄乱一点也不会被发现。"要是那样该多好啊。"山鲁佐德心想。而现在只能小心翼翼的。但是，与此同时，看到那个房间干净简朴，整洁不乱，她也感到相当高兴。这才像他。

山鲁佐德坐在书桌的椅子上。许久，只是坐在那儿。"他每天都坐在这个椅子上学习。"想到这里，心便怦怦直跳。她将桌子上的文具——铅笔、剪刀、尺子、订书机、台历等所有这些东西一件件地拿在手中，来回抚摸，闻气味，亲吻。这些原本普普通通的东西，正因为是他的，在山鲁佐德的眼中便显得光彩夺目。

然后她一个个打开他的抽屉，仔细地检查里面的东西。最上面的抽屉里，各种零碎的文具和纪念品之类的东西收纳在小格子里。第二个抽屉里主要是他现在使用的各门课程的笔记本，第三个抽屉（最大的抽屉）里面装着各种各样的文件资料、旧笔记本和试题答案等。几乎全都是与学习或足球协会的活动有关的资料。没有任何重要的东西。她没有发现自己所期待的日记或者书信之类的东西，甚至连一张照片也没有。这让山鲁佐德多少觉得有一点点不正常。这个人除了学习和足球以外，就没有什么别的个人活动了么？或者还是他将那些重要的东西小心翼翼地藏在一个不易被人发现的别的什么地方了？

即便如此，山鲁佐德仍然坐在他的书桌前，只是用眼睛追着他留在笔记本上的笔迹，心情便激动起来。再这样下去，自己说不定会疯掉。为了使自己冷静下来，她从椅子上起身，坐在地板上，然后抬头看着天花板。周围依然很安静，没有一点声响。就这样，她将自己同化为海底的七鳃鳗。

“你只是进入他的房间，碰了很多东西，然后便一直一动不动地待着么？”羽原说道。

“不，不仅如此。”山鲁佐德说道，“我想要一件他的东西，想把一件他日常用的或者身上戴的东西带回家。但是，不能是重要的东西。若是重要的东西，丢了就会马上发现，对吧？所以，我决定只偷一支他的铅笔。”

“一支铅笔？”

"对。一支用过的铅笔。但是我觉得光偷不行。要是那样的话，我不就成了单纯的空宅窃贼了么？那样的话，此事为我所为的意义就没有了。我就是所谓的'爱的窃贼'。"

爱的窃贼——羽原想道。简直就像是无声电影的题目。

"所以，作为交换，我决定留下一件信物。作为我曾经存在的证据。作为那不是简单的盗窃而是交换的声明。但是，留什么呢？我一时没能想起合适的东西。我把背包和口袋翻了个遍，也没找到一件适合做信物的东西。原本应该提前准备一件东西拿来的，但是之前我也没想到这一点……没有办法，我只好决定留下一根卫生棉条。当然，是还没有用过的。带着包装袋哦。因为月经快来了，所以随身带着备用的。我将卫生棉条放进最下面那个抽屉的最里面最难发现的地方。然后，这让我感到很兴奋。我的卫生棉条悄悄地放在他抽屉的最里面。可能是太兴奋了，那之后月经很快就来了。"

铅笔与卫生棉条——羽原心想。或许应该写在日志里。"爱的窃贼、铅笔和卫生棉条。"——肯定没有人能理解这是在说什么事吧。

"我当时顶多就在他家待了十五分钟左右。那是我有生以来第一次私闯别人的家，而且一直担心有人突然回来，所以没能在那里待太长时间。我先观察了一下周围的情况，然后悄悄地从他家里走出去，锁上门，将钥匙放回玄关的门垫下面原来的地方。然后去了学校，小心翼翼地拿着他用过的铅笔……"

山鲁佐德不再说话，这样停顿了一会儿。就像是在用眼睛逐一确认那时发生的每一件事。

"之后的一个星期左右，我每天都过得前所未有的心满意足。"山鲁佐德说道，"我用他的铅笔在笔记本上随意写字。闻它的味道，亲吻它，将脸颊贴在上面，用手搓。有时还放在嘴里用舌头舔。将铅笔拿来写字，它就会慢慢变短。虽然那令人难过，但是我也只能那么做。变短之后不能用了，再去拿一支新的就好了。我这样想道。他书桌上的笔筒里有很多用过的铅笔。而且少一支他也不会知道。他可能也不知道抽屉的最里面放着我的卫生棉条。想到这里我便兴奋不已，腰部产生一种奇怪的感觉，像是有小虫子在爬，奇痒难忍。为了抑制那种感觉，我只好在桌子下面将两腿并在一起，使劲揉搓膝盖。我想，即便在现实生活中他对我视而不见，即便他几乎没有注意到我的存在，那也完全没有关系。因为我在他不知道的时候已经将他的一部分据为己有了。"

"感觉有些像诅咒性的仪式呢。"羽原说道。

"对。在某种意义上来说，那也许真的是一种诅咒性的行为。后来我读到一本那方面的书，有些感触。但是，当时我还是高中生，没有想过那么深。我当时只是被欲望冲昏了头脑。做这种事，随时都可能完蛋。如果私闯人家空宅的时候被人逮个正着，不仅会被学校开除，而且倘若事情传出去，可能都很难继续在这个城市住下去。我曾数次这样告诉自己。但是不管用。我觉得当时我的大脑已经不在正常工作的状态了。"

十天后她又旷了课，朝他家走去。上午十一点。她像上次一样，在玄关的门垫下面取出钥匙，进入他的家中，上了二楼。他的房间依然很整洁，无可挑剔，床上的被褥铺得整整齐齐。山鲁佐德先拿了一支用过的长铅笔，小心翼翼地放进自己的笔袋里，然后提心吊胆地躺在床上。她整理了一下裙子的下摆，两手并拢放在胸前，仰头看着天花板。想到他每天晚上都在这张床上睡觉，便感到心跳骤然加速，无法正常呼吸了。空气无法顺利到达肺里。嗓子干得难受，一喘气就疼。

　　山鲁佐德受不了，从床上起来，将床单拽整齐，然后又和上次一样，坐在地板上。"现在躺在床上还为时过早。"她告诉自己，"这对我的刺激太大了。"山鲁佐德这次在他的房间里待了大约半个小时。她将他的笔记从抽屉里拿出来大致浏览了一遍，也读了他写的读后感。那篇读后感写的是有关夏目漱石的《心》的。这是暑期阅读指定图书。稿纸上的字体工整且漂亮，很像一个优秀生写的字，而且也没有什么错别字和漏字。成绩是"优秀"。这是理所当然的。字写得这么漂亮，无论什么样的老师，即便完全不看内容，也会想要默默给一个"优秀"的评价。然后，山鲁佐德打开大衣柜，依次翻看里面的东西。他的内衣、袜子、衬衣、裤子、足球衫。每件衣服都叠得整整齐齐。没有一件破损或留有污渍的衣服。

　　所有衣服都保持得干净整洁。是他自己叠的呢？还是母亲叠的呢？可能是母亲吧。她对每天都可以为他做这些事的母亲产生了一种强烈的嫉妒之情。

　　山鲁佐德将鼻子伸进抽屉里，闻每一件衣服的味道。衣服上散发着一种经过认真洗涤和阳光晾晒的味道。她从抽屉里取出一件素色的 T 恤,展开,将脸贴在上面。她以为衣服的腋下会有他的汗味。但是,却没有。即便如此,她仍旧长时间地将脸贴在那件 T 恤上,用鼻子吸入空气。她想将那件 T 恤据为己有。但是,那或许太危险了。所有的衣服被整理和管理得这么好。他(或者他的母亲)说不定准确地记着抽屉中 T 恤的数量。如果少了一件,可能会引起一场不小的骚动。

山鲁佐德最终决定不把那件 T 恤带走。她按照原来的样子重新整齐地叠好,放回抽屉里。一定要小心,不能冒险。这次,除了铅笔之外,山鲁佐德决定将她在抽屉里发现的一个足球模型徽章带走。那好像是他小学时期少年足球队的徽章,是一个老物件,而且看起来也不是那么重要。即便丢了,他可能也不会发现。或者很久之后才会发现。她顺便检查了一下自己上次偷偷放在最下面那个抽屉最里面的卫生棉条是否还在。还在那里。

如果母亲发现他抽屉的里面放着一根卫生棉条会怎样呢?山鲁佐德想象了一下。母亲看见之后会作何感想呢?是直接责问儿子:你为什么会有月经用品?告诉我原因。还是会将这件事藏在心里,进行各种负面的揣测呢?山鲁佐德完全想不出在这种情况下母亲会采取什么样的行动。但是,不管怎样,她仍旧将卫生棉条搁在了那里。不管怎样说,这是她留下的第一件信物。

这次,山鲁佐德决定留下自己的三根头发,作为第二件信物。她在前一天晚上拔了三根头发,用保鲜膜裹起来,装进一个小小的信封里封上口。她从背包里取出提前准备好的信封，夹进抽屉里的一本旧数学笔记本中。那是三根笔直的黑发，不是太长，也不是太短。只要不去做什么DNA鉴定，就不会知道那是谁的头发。但是，一眼就能看出来那是年轻女人的头发。

离开那里之后，她直接去了学校，上了午休之后的课。然后在接下来的十天时间里，她又过得心满意足。她觉得自己占有了他更多的部分。但是，故事并非就这样戛然而止。私闯别人家的空宅，正如山鲁佐德所说，会上瘾。

讲到这里，山鲁佐德看了一下床头的表，然后自言自语似的说道："好了，我差不多该走了。"然后她一个人走下床开始穿衣服。表盘上的数字显示时间为四点三十二分。她穿上一件几乎没有任何修饰的实用性白色内衣，背过手去扣上胸罩的排扣，麻利地穿上牛仔裤，从头上套上一件印着耐克标志的深蓝色运动衫，在洗漱台用香皂仔细地洗完手，用梳子简单地梳理了一下头发，开着蓝色的马自达离开了。

剩下羽原一个人。他也想不出有什么特别要做的事，便像牛反刍食物一样，在脑海中逐一回味她刚才在床上给他讲的故事。他完全不知道她的故事接下来会朝着什么样的方向发展——她讲的故事大抵如此。归根结底，他原本也几乎想象不出山鲁佐德在高中二年级的时候是一个什么样子的女孩。那时，她的体型还很苗条？穿着制服、白袜子，编着辫子？

由于还没有食欲，羽原便想在做饭之前读一下那本还未读完的书，但是无论如何也无法集中注意力。山鲁佐德悄悄潜入那个二层独栋人家的情景，或者她将脸贴在同学 T 恤上尽情闻气味的光景，不由得浮现在脑海中。羽原迫不及待地想要听故事的续篇。

山鲁佐德下次来"房子"是在隔了一个周末的三天后。她像往常一样整理装在大纸袋里拿来的食品，检查保质期，重新摆放冰箱里的东西，确认罐装罐头和瓶装罐头的有无，检查调味料减少的量，制作了下次的购物清单。冰上新的巴黎水。然后将新带来的书和 CD 摆在桌子上。

"有没有什么东西不够用或者想要的?"

"没什么特别想到的。"羽原回答。

然后两人就像往常一样上床做了爱。他适当地做了一番前戏，戴上避孕套进入她的身体（她从医学的观点出发，要求他从开始到结束一直戴着避孕套），经过一段恰当的时间射了精。这个行为虽然不能说是义务性的，但也不能说是特别用心的。她基本上总是在警惕这个行为中包含过度的激情，就像驾校的教练总是不希望学生在驾驶中投入过度的激情一样。

山鲁佐德以职业的眼光确认羽原以正确的方式将适量的精液射进避孕套中之后，开始讲她的故事。

第二次私闯空宅之后，她又过了十天左右心满意足的生活。她将那个足球徽章藏在笔袋里，上课的时候不时地用手指抚摸一下。她用牙轻轻地咬铅笔，舔铅笔芯。然后，她想他的房间，想他的书桌，想他睡觉的那张床，想装着他的衣服的大衣柜，想他那质朴的白色短裤，想藏在他抽屉里的自己的卫生棉条和三根头发。

自从开始私闯别人家的空宅，学校里的学业几乎都荒废了。课堂上，她不是茫然地沉浸在漫无边际的白日梦中，就是一门心思用手指摆弄他的铅笔或徽章。非此即彼。回到家之后，也没有心思做老师布置的作业。山鲁佐德原本成绩不差。虽然并不拔尖，但是由于她学习用功，所以成绩基本上总是中等往上。因此，当她在课堂上被点名回答问题却几乎什么也回答不上来的时候，老师们在发火之前，都首先表现出一脸诧异。有一次，老师还在课间将她叫到办公室，问道："怎么啦？你有什么心事吗？"但是，她无法好好回答这个问题，只好吞吞吐吐地说自己"最近身体不太……"。当然，她不可能说自己"其实喜欢上一个男生，白天偶尔会趁他家没人去他家里，偷来铅笔和徽章，一门心思摆弄它们。满脑子除了他之外没有别的"，她只能将这个沉重而阴暗的秘密藏在自己的心里。

"我变得必须得定期私闯他家的空宅了。"山鲁佐德说道，"我知道那很危险。这种像走钢丝一样的冒险行为不可能一直持续下去。这一点我自己也很清楚。总有一天会被人发现，被人发现的话就肯定会被警察追究责任。想到这些我便害怕极了。但是，车轮一旦开始往坡下滚动便无法阻挡。第二次"访问"过了十天，我的脚步又自然而然地朝他家的方向走去。倘非如此，我感觉自己就会疯掉。但是现在回想起来，或许当时我的大脑其实已经有些不正常了。"

"你常常缺课，也没有出什么问题吗?"

"我家里是做生意的，工作忙，父母都几乎没怎么注意过我。之前我从来没有出过什么事，也没有直接违抗过父母的命令。所以我父母都觉得这孩子不管也没关系。交给学校的请假条，我也轻而易举地伪造成功。我模仿母亲的笔迹简单地写上缺勤的理由，签上名，盖上印章。以前我就跟班主任老师说过自己的身体有些毛病，所以有时要请半天假去医院。班上有几个长期不来上学的学生，大家都在为他们的事情伤脑筋，所以即便我有时缺半天课，也没有人注意。"

这时，山鲁佐德看了一眼床头的电子表，又继续讲起来。

"我又从玄关的门垫下面取出钥匙，打开门走了进去。就像往常一样，不，不知道为什么，那次家里比以往更加安静。厨房里冰箱的温控器开开关关的声音听起来就像大型动物的叹息，让人感到莫名的惊诧。其间，电话铃响了一次。声音大得刺耳，我感觉自己的心跳都快要停止了。全身一下子冒出汗来。当然，没有人拿起话筒。电话铃响了十声后就停了。铃声停止之后，沉默变得比以前更深了。"

那天，山鲁佐德仰面朝上，长时间地躺在他的床上。这次她的心没有上次跳得那么厉害，呼吸也正常了。她仿佛觉得他就安静地睡在自己的身边，自己在陪他睡觉。伸一下手，手指似乎就能触碰到他那强壮的手臂。但是，当然他其实并不在旁边。她只是沉浸在白日梦的云朵当中。

然后，山鲁佐德开始按捺不住，想要闻一下他的味道。她从床上下来，打开大衣柜的抽屉，检查了一下他的 T 恤。每件 T 恤都洗得很干净，在太阳下晾晒过，叠得圆鼓鼓的，像蛋糕卷一样漂亮。污渍已被洗掉，味道也消除了。和上次一样。

然后，她突然想到了一件事，说不定可以做到。于是，她急急忙忙地下了楼，在浴室的更衣处找到洗衣篓，打开盖子。里面放着他和母亲、妹妹三个人要洗的衣物。大概是一天要洗的衣物。山鲁佐德从里面找到一件男式 T 恤，是 BVD❶ 的白色圆领 T 恤。然后，她闻了闻那件衣服的味道。毫无疑问是年轻男性的汗味。冲鼻的体臭——在班上男同学的旁边时，她曾经闻到过同样的气味。不是那种能够让人感到身心愉悦的气味。但是，他的那种气味却让山鲁佐德感到一种至高无上的幸福。她将脸紧紧地贴在那件衣服腋下的部分，吸入它的气味，感觉自己仿佛被他用两只胳膊紧紧地抱在怀里，裹在他的身体中。

山鲁佐德拿着那件 T 恤上了二楼，再次躺在他的床上。然后将头埋进 T 恤中，尽情地闻着他的汗味。慢慢地，她感到自己的腰部有一种慵懒的感觉，乳头也开始发硬。是月经快来了吗？不，不可能。时间还太

---

❶ 著名内衣品牌。1876 年，由 3 位年轻人 Bradley、Voorhees 和 Day 用各自名字的开头字母在纽约创立。

早。她猜测自己之所以会这样是因为性欲。她不知道应该如何对待和处
理这种性欲。至少在这种地方什么也做不了。不管怎么说，这是在他房
间里，他的床上。

　　不管怎样，山鲁佐德决定将渗着他的汗水的 T 恤带走。那当然是危
险的。母亲很可能会发现 T 恤丢了一件。即便她不一定想到是被人偷走
了，但是应该也会纳闷那件 T 恤跑到哪里去了。既然家里打扫和收拾得
这么干净，那母亲肯定是个收拾狂一样的人。如果丢了什么东西，她肯
定会在家里到处找，就像一条受过严格训练的警犬。然后，她可能会在
宝贝儿子的房间里发现山鲁佐德留下的几个痕迹。但是，即便明知道这
些，她仍旧不想放下那件 T 恤。她的大脑没能说服她的心。

　　山鲁佐德心想："那么，我应该留下一件什么东西呢？"她想到留下
自己的内衣。那是一件十分普通、相对较新的简单内裤，早晨刚换的。
把它藏到壁橱的最里面就好了。她觉得作为交换品这是最合适的。但
是，真正脱下来一看，她才发现裤裆的部分暖暖的，已经湿了。"这是
因为我的性欲。"她心想。闻了一下，没有味道。但是，不能将这种被
性欲玷污的东西放在他的房间里。要是那么做的话，就等于是在作践自
己。她又穿上内裤，决定放一件别的东西。那么，放什么才好呢？

　　山鲁佐德说到这里，陷入了沉默。就这样沉默了许久，一言未发。
她闭上眼睛，静静地用鼻子呼吸。羽原也同样沉默着，躺在那里，等着
她开口说话。

不久，山鲁佐德睁开了眼睛，说道："喂，羽原先生。"这是她第一次叫羽原的名字。

羽原看了看她的脸。

"喂，羽原先生。能再抱抱我吗?"她说道。

"我想可以。"羽原说道。

于是两人再次抱在一起。山鲁佐德的身体状况和刚才大不相同，很柔软，连里面的深处都很湿润。肌肤也有光泽和弹性。她现在正在栩栩如生地回忆着当年自己私闯同学家空宅的体验。或者说，这个女人真的让时间倒流，变回了十七岁的自己。就像回到前世一样。这种事情，山鲁佐德可以做到。她能让自己那种超凡的讲话技巧对自己产生影响。就像优秀的催眠师用镜子对自己进行催眠一样。

于是，两人前所未有地激烈交合。用了很长时间，激情四射。最后，她迎来了明显的性高潮。身体剧烈颤抖了数次。那时的山鲁佐德似乎连长相都完全变了。就像从一条细细的缝隙中窥视到转瞬即逝的风景，羽原的脑海中大致可以想象出山鲁佐德十七岁的时候是一个什么样的少女。他现在像这样抱在怀中的，是一个偶然封存在三十五岁的平庸主妇肉体中的十七岁问题少女。羽原很清楚。她在她的肉体中闭着眼睛，微微颤抖着身体，一心一意地闻着那件渗着男人汗水的 T 恤。

做完爱之后，山鲁佐德没有再说话，也没有像往常一样检查羽原的避孕套。两人沉默着，并排躺在那里。她眼睛睁得大大的，直直地看着天花板。就像七鳃鳗从水底看明亮的水面一样。这时羽原心想，如果自己在另外一个时空里，是一条七鳃鳗，不是羽原伸行这样一个被限定身份的人，而只是一条连名字都没有的七鳃鳗，那该多好啊。山鲁佐德和羽原都是七鳃鳗，像这样并排用吸盘吸附在石头上，一边随着水流来回摇摆，一边抬头看着水面，摆出一副了不起的样子，等着胖胖的鳟鱼从上面游过。

"那最后你放了什么作为他的 T 恤的交换物呢?"羽原打破沉默，问道。

她仍旧沉浸在沉默中，过了一会儿才说道："结果什么也没放。我身上没有带任何可以与他那件渗着汗味的 T 恤交换的东西，没有一件东西可以与之匹敌。所以，我就只是偷偷地将那件 T 恤拿走了。于是，从那一刻开始，我就成了真正的空宅窃贼了。"

十二天后，山鲁佐德第四次造访他家的时候，门锁已经换了新的。在将近正午的阳光的照射下，那把锁头骄傲地闪烁着金色的光芒，看起来十分牢固。而且，玄关的门垫下面已经没有了钥匙。大概是洗衣篓中丢了一件内衣这件事让母亲起了疑心。于是母亲瞪着敏锐的眼睛仔细到处搜查，发现家中发生了一些莫名其妙的事情。可能有人趁家里没人的时候进来过。于是，门锁马上被换掉了。母亲所做的判断非常准确，她的行动也极其迅速。

山鲁佐德发现门锁换成了新的，当然很失望，但是与此同时她也松了一口气，感觉就像是有人走到她的身后，帮她从肩膀上卸下了一个重担。她想，这样一来就不用再私闯他家的空宅了。如果门锁没有换，她肯定会一直像这样侵入他家，而且行动会越来越过分，迟早会落一个无法收拾的局面。她在二楼的时候，家里可能有人会有事突然回家。若是那样，她则无处可逃，也无从申辩。这种事情总有一天会发生。而现在，这种毁灭性的事态得以避免。或许应该感谢他那长着老鹰一样敏锐的眼睛的母亲——虽然一次也没有见过她。

山鲁佐德将他的T恤拿回家，每天晚上在睡觉前都会闻它的气味。她睡觉的时候将那件T恤放在旁边。去学校的时候便用纸包起来，放到不会被家人发现的地方。吃完晚饭回到房间，只有自己一个人的时候，便把它拿出来，抚摸或者闻它的气味。她担心那件T恤的气味会随着时间的流逝而逐渐变淡，然后消失，但是没有。他的汗味就像一个永远不会消失的重要记忆，一直附着在那件衣服上。

山鲁佐德想到自己以后不能再私闯他家的空宅了（不去也没关系），头脑便一点点地恢复了正常。意识也变得正常了。在教室里茫然地做白日梦的时候少了，老师说的话——虽然只是一部分，也逐渐入耳了。但是，她在上课的时候，并非专注地听老师讲话，而是集中精力窥探他的样子。她时刻都在关注他，看他的举动是否有什么异样，有没有表现出什么神经质的神态。但是，他的举动与平常没有任何不同。他像往常一样张开大嘴天真地笑，老师提问的时候便干脆利落地回答正确答案，放学后热情地投入足球协会的训练。大声呼喊，流很多汗。没有任何迹象显示他的周围发生过什么异常。真是一个十分正派的人。——她感到钦佩。没有一点阴暗。

但是，我知道他的阴暗面。山鲁佐德心想。或者是一个近似于阴暗的方面。可能别人谁都不知道。只有我知道（说不定他母亲也知道）。第三次私闯他家空宅的时候，她在壁橱的里面发现了几本巧妙地藏在那里的色情杂志。里面有很多女人的裸体照。女人劈开双腿，慷慨地露出阴部。里面还有男女交合的照片，是那种以十分不自然的姿势交合的照片。粗大的性器插入女人的身体。山鲁佐德有生以来第一次看到那种照片。她坐在他的书桌前，翻看那些杂志，津津有味地看着每一张照片。她猜测他可能一边看着这些照片一边自慰。但是，这件事并没有让她感到恶心，也没有让她对他隐藏的真实面孔感到失望。她知道那是一种自然的行为。人体产生的精液必须有一个排放的渠道。男人身体的构造就是这样的（和女人来月经大体一样）。在这个意义上来说，他也不过是一个普普通通的十几岁男孩，既不是正义的英雄，也不是圣人。山鲁佐德知道了这一点，甚至反而感觉松了一口气。

"自从我不再私闯他家的空宅，过了不久，我对他的那种狂热的爱恋渐渐冷却，就像是潮水从平缓的海岸一点点地退潮。不知道为什么，我已经不再像以前那样热情地闻他 T 恤的气味了，一门心思来回抚摸铅笔和徽章的次数也变少了。就像发烧治愈，烧退去了。那时我不是像生病，而肯定是真的生了病。那场病让我发起高烧，让我的大脑因此错乱了一段时间。无论是谁，在人生中都会经历这样一段荒唐的时期。或许也有可能只是发生在我一个人身上的特殊事件。喂，你可曾这样过？"

羽原想了一下，没有想到类似的经历。"我想没有那么特别的事情。"他说道。

山鲁佐德听了，似乎稍微有点失望。"不管怎么说，高中毕业之后，不知不觉间我便把他忘掉了。忘得一干二净，甚至连我自己都觉得不可思议。我甚至几乎无法记起究竟是他的什么地方那么强烈地吸引了十七岁的自己。人生真是奇妙。有时自己觉得璀璨夺目、无与伦比的东西，甚至不惜抛弃自己的一切也要得到的东西，过一段时间或者稍微换个角度再看一下，便觉得它们完全失去了光彩。我开始疑惑不解，自己当时看到了什么呢？这就是我'私闯空宅时期'的故事。"

感觉有点像毕加索的"蓝色时期"❶。羽原心想。但是，羽原也十分理解她想要说的话。

女人看了一眼床头的电子表。回家的时间快到了。她意味深长地停顿了一下，然后说道："但是，其实故事到此还没有结束。大概是在四年后吧，我在护理学校上二年级的时候，因为一个不可思议的机缘，又见到了他。她母亲在这段故事中华丽登场，还夹杂着一点怪谈的元素。我不知道你会不会相信，想听吗？"

"很想。"羽原说道。

"那下次跟你讲。"山鲁佐德说道，"说来话长，我差不多得回去做

---

❶ 指毕加索在 1900 年至 1904 年之间以单色（阴郁的蓝色与蓝绿色）作画的时期，只有极少数暖色作品例外。这些阴沉的画作是毕加索于西班牙获得灵感、在巴黎完成的，尽管在毕加索生前难以售出，现在却都是毕加索十分著名的画作。

饭了。"

她下了床，穿上内衣、丝袜、背心、裙子和衬衫。羽原躺在床上茫然地看着她的这一系列动作。他觉得女人穿衣服的动作可能比脱衣服时的动作更有意思。

"有什么想读的书吗？"山鲁佐德出门的时候问道。羽原回答说没有什么特别想读的。"我只想听你讲接下来的故事。"他在心里这样想，却没有说出口。因为他感觉自己如果说出口，就永远听不到故事的续篇了。

那天晚上，羽原很早就钻进了被窝里，思考山鲁佐德的事。说不定她不会再出现了。他担心这一点。这并非绝对不可能发生。山鲁佐德和他之间不存在任何私人的约定。他们之间的关系是偶然被某个人赋予的，也有可能因那个人一时心情的改变而随时被剥夺。打个比方，他们的联系仅仅就像是用一根细细的丝线连接起来的。或许某一天，不，是总有一天，他们的关系会宣告终结。那条丝线会被剪断。或迟或早，区别仅此而已。而且，一旦山鲁佐德离开，羽原就再也听不到她的故事了。故事将会就此中断，原本能讲的几个未知的奇妙故事，永远不会再被讲出来。

或许他还会被剥夺所有的自由，结果可能导致所有的女人都远离他，不仅仅是山鲁佐德。这个可能性很大。那样的话，他就再也不能进入她们湿润的身体，再也不能感知她们身体的细微颤抖。但是，对于羽原来说，或许最痛苦的，与其说是无法再进行性行为本身，不如说是无法再与她们共享亲密的时间。所谓失去女人，归根结底就是这么回事。女人为男人提供一段特殊的时间。这段特殊的时间让男人身处现实当中，同时又让现实失效。山鲁佐德为她提供了许多这样的时间。她无限量为他提供的就是这样的时间。而且，终有一天将失去这样的时间，或许这是最让他感到伤心的。

　　羽原闭上眼睛，不再想山鲁佐德的事，开始想起了七鳃鳗——那些吸附在石头上、藏匿在水草中来回摇摆、没长上下颚的七鳃鳗。这时他也成为它们的一员，等待鳟鱼游过来。但是，无论等到何时，也没有一条鳟鱼游过来。没有胖的，也没有瘦的，什么样的都没有。不久，太阳落山了，周围陷入深深的黑暗。

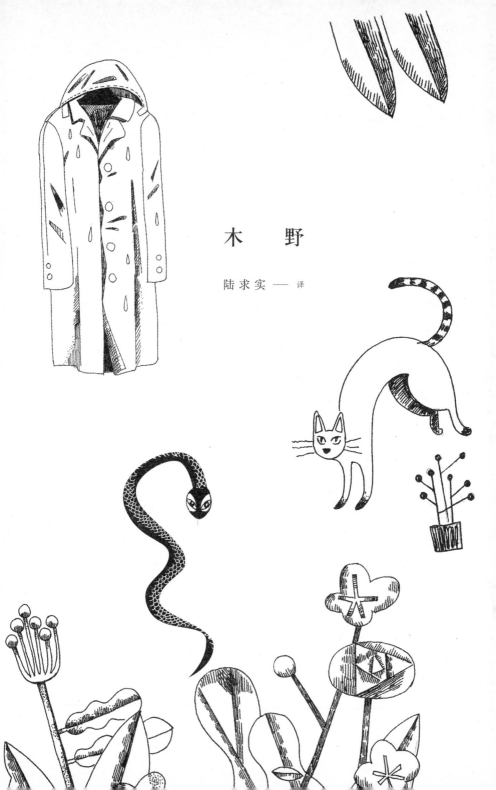

木　野

陆 求 实 —— 译

那个男人总是坐在同一个座位，吧台前最靠里的凳子。当然，是没有人占用的前提下，不过这个座位几乎从无例外一直是空着的。店里客人本来就不多，加上那儿最不起眼，而且实在算不上舒适。楼梯就在后面，因此头上的天花板低低地斜敧下来，站起时必须小心翼翼以免碰到头。男人个头高，对这样不舒服的座位却好像并不特别介意。

男人第一次来店里的样子，木野还记得很清楚。一来因为他理了个亮锃锃的光头（头皮露着青茬，似乎刚刚用电动推子刨过似的）。身子瘦削，肩膀却很宽，目光给人感觉很犀利，颧骨前突，额头宽展，年龄大约三十出点头。再有，明明没有下雨，甚至压根儿没有要下雨的样子，却穿着一件长长的灰色雨衣。一开始，木野以为他大概是便衣警察那一路的，因而有点紧张，还有几分戒备。那是四月中旬，肌肤略感峭寒的夜晚，七点半多点，没有其他的顾客。

男人选择吧台前最靠里的那个座位坐下，脱下雨衣挂到墙壁挂钩上，轻声轻气地要了瓶啤酒，然后便安静地翻看起一本厚厚的书来。从脸上的表情揣测，他似乎深深沉浸在书中。大约三十分钟把啤酒喝完，他稍微抬起手招呼木野，加了杯威士忌。问他什么牌子的好，回答没有特别喜欢的牌子。

"最好就普通的苏格兰威士忌。要双份，兑同样量的水，再加点冰块。"

最好就普通的苏格兰威士忌？木野往杯子里倒入"白标"（White Label）❶威士忌，加入同样量的水，再用碎冰锥凿碎冰，挑了两块形状好看的小冰块放入杯中。男人呷啜一口，眯起眼品味着，"这样就蛮好。"

他又看了大约三十分钟书，随后站起身，用现金结了账。为了免收找零，他还掏出零钱点清凑足。等他走后，木野稍稍松了口气。男人虽然走了，可他的气息仍存续了一段时间。木野在吧台后面做着料理准备，偶尔会不经意抬起头，视线朝刚才那个男人坐过的座位投去，因为总觉得有人在那儿向自己招手，要加点什么似的。

男人开始频繁光顾木野的店，频度大致是每星期一次，多的时候两次。先是喝啤酒，然后再要一杯威士忌（白标、同量的水、少许冰块），有时候也会要两杯，但多数时候是喝一杯便消歇。也有时看着黑板上书写的当日菜单，加一份简餐。

闷葫芦男人。即使频繁来店里，但除了点单之外，从不搭话，见到木野只是微微点点头，好像在说：我记得你哩。晚上稍早的时候，胳肢窝底下夹本书来了，将书搁在吧台翻读着。是厚厚的单行本。木野没有见过他读廉价袖珍书。看书累了（猜想是累了吧），便将视线从书上抬起，盯着面前架子上的酒瓶一只只仔细打量，就像逐一检查来自遥远国度的珍奇动物的标本似的。

熟稔之后，和男人单独相处，木野也不再觉得拘碍了。木野本来就

❶ 美国最大的苏格兰威士忌生产厂商帝王（Dewar's）旗下的普及型威士忌品牌，口感干爽醇和，微甜。

性格寡默，跟别人在一起一句话不说，对他而言也不是什么苦差事。男人专心看书的时候，木野就像独自一个人那样，洗洗刷刷，调配调味料，挑选唱片，或坐在椅子上集中阅看当天的日报和晚刊。

木野不知道男人的名字。男人却知道他叫木野，因为店名就叫"木野"。男人不自我介绍，木野也不主动上去问，毕竟只不过是个来到店里喝点啤酒和威士忌，一声不响地看书，然后用现金结账离开的常客而已，也从不打扰别的客人。难道非得了解更多吗？

木野在体育用品销售公司工作了十七年。在体育大学读书的时候，曾是一名还算优秀的中跑选手，三年级时因跟腱损伤，不得不打消进企业田径队的念头，毕业后经教练推荐进入这家公司就职，成了一名普通职员。在公司里，他主要负责推销跑鞋，工作内容就是要让全国所有的体育用品商店更多地采购本公司的商品，并让更多活跃在竞技场上的选手穿上本公司的运动鞋。公司总部位于冈山，只是家中坚企业，既不像美津浓、亚瑟士那样享有盛名，也缺乏像耐克、阿迪达斯那样掷以高额签约金签下世界一流运动员的资金实力，甚至连招待明星选手的经费也拿不出，如果想请运动员吃饭，要么从出差费用中节省下来，要么只有自己掏腰包。

不过，公司生产的鞋子采用纯手工制作，提供给最优秀的田径运动员，做工精良，并且不计较盈亏，这种颇具良心的做法得到许多运动员的赞赏。"诚实做事，自然会有成果"，这是创业者兼社长的信念。大概这种低调、不愿追逐潮流的企业做派与木野的性格正好相契，像他这样不善言辞、人缘不怎么样的人总算也能应付得了销售的工作。而恰恰因为朴讷的性格，他也拥有了一批对他信得过的教练，以及对他心生慕尚的运动员（尽管人数并不多）。木野认真听取每个运动员的呼声，了解他们对鞋子有什么样的需求，回到公司再转达给制作人员。工作本身还算有趣，也蛮有价值的，虽说待遇算不上好，但是适合自己。自己无法再跑了，但看到正处在出成绩阶段的运动员们，以优美的姿影生龙活虎地奔跑在田径跑道上，木野感到很开心。

　　木野辞职并非因为不满工作，而是发生了一件夫妇二人都不曾预料的事情，才会有这样的结局，因为他撞破了公司里跟自己关系最亲近的同僚与妻子的关系。木野出差的时间比待在东京的时间更多，大大的运动包里塞满鞋子样品前往全国各地的体育用品商店、各地大学、拥有田径队的企业。就是他不在的时候，两人搭上了关系。木野在这方面不太敏感，满以为夫妇关系还算恩爱，因而对妻子的言行没有过任何怀疑，如果不是提前一天结束出差回家，说不定永远都不会觉察。

　　他出差结束直接返回位于葛西的公寓，目睹了妻子和那个男人赤身裸体在床上。那是自己家的卧室，夫妇俩平时就寝的床，两人交股叠臂在一起。这是绝对不可能误会的。妻子采用蹲趴的姿势骑在上面，因此木野一开门正好与她面对面，他看到了她漂亮的乳房在上下剧烈颤动。那时他三十九岁，妻子三十五，两人之间还没有孩子。木野埋下头，关上房门，装满一星期替换衣物的旅行包还没来得及卸下肩，便离开了家，再也没有回来。第二天，他向公司提交了辞职信。

　　木野有个单身姨妈。她是母亲的姐姐，长得面容姣好。姨妈自小喜欢木野。她有个交往多年的年长的恋人（也许称为情人更贴切），那个男人毫不吝惜地为姨妈在青山买了一栋小楼。那是很早以前的事了（真是美妙的时光呵）。姨妈住二楼，在下面一楼开了间茶室。门前有个玲珑的庭院，婀娜的柳树低垂着浓密的绿叶。茶室位于根津美术馆背面的小巷子里，位置本不适合做生意，但姨妈偏有种不可思议的吸引客人的魅力，所以生意还挺兴隆。

　　可是姨妈年过六十，腰腿就觉得不灵便了，渐渐一个人料理茶室变得越来越吃力，于是决定歇手不再经营，搬到伊豆高原一处附带温泉的休闲公寓去住，那里康复设施也很完备。她向木野提议："我搬走后你想不想接手把那间铺子做下去?"那是发觉妻子出轨三个月之前的事。木野的答复是，当然很感谢姨妈的提议，但是目前暂时没这个打算。

　　向公司提交辞职信之后，木野给姨妈去电话，问她铺子卖掉了没有。回答说在房屋中介挂了牌出售，不过还没有人前来正儿八经洽谈。木野问，可能的话，能不能按月付房租让我把它租下来? 想在那儿开一间酒吧之类的铺子。

　　"你的工作怎么办?"姨妈问。

　　"公司刚刚辞掉了。"

　　"你太太没反对?"

"正在考虑跟她办离婚。"

木野没有说明理由，姨妈也没追问下去。电话那头出现了短暂的沉默，随后姨妈说了个月租数字。比木野预想的要低得多。木野说，要是这样的话应该可以付得起。

"我还能拿到一笔离职金呢，我想在钱方面不会给姨妈添麻烦的。"

"那种事情我一点也不担心。"姨妈爽快地说。

木野同姨妈之间交流并不多（母亲不喜欢他和姨妈走得太近），然而不可思议的是，他们一直以来都能相互理解。她深知，木野一旦承诺下来的事情，是不会轻易失信的。

木野拿出一半的储蓄，将茶室改装成酒吧，尽量选配了些朴拙的家具，用厚木板做了一张长吧台，换上新的桌椅，贴上色调幽沉的墙纸，照明也换成适宜酌饮场所用的。从家里拿来收藏的若干唱片，摆列在橱架上。还有蛮不错的音响设备，多能仕（Thorens）❶ 的唱机，力仕（Luxman）❷ 的功放，JBL❸ 的小型双喇叭音箱，都是他独身时代硬省下钱来购置的。以前就喜欢听模拟技术灌录黑胶唱片的老的爵士乐，这可以算是他的唯一——称得上同好之士的人身边一个也没有——爱好。加上学生时代曾在六本木的酒馆打工做过调酒师，大部分鸡尾酒他光凭记

❶ 世界顶级音响品牌之一，以 LP 唱盘著称。1883 年创立于瑞士圣科瓦镇（Ste. Croix），首创直驱式唱机马达、双重结构转盘、浮动悬挂等。
❷ 日本 Hi-End 级音响品牌，创立于 1925 年。
❸ 全球最大的扬声器制造商，最早从事影院和录音室音响系统，现专注于家用音响领域。

忆就能调制而成。

　　他给铺子起名就叫"木野"，因为想不出其他合适的名字。最初的一星期，客人一个也没有。不过，这早在预料之中，所以没当回事。因为开店的事他没告诉过任何亲朋，也没做广告，甚至连块醒目的店招也没有。铺子开在小巷深处，只有静待能发现它且好奇心强的顾客自己走进来。离职金还剩余一些，已经分居的妻子也没对他提出经济上的要求。她和木野的前同僚住到了一起，之前夫妇两人共同生活的葛西那边的公寓成了多余，故而将它卖了，从中扣去剩余的应付按揭，剩下的钱款两人一人分一半。木野在铺子的二楼住下来。应该有阵子可以吃喝无忧了吧。

　　在空无一客的铺子里，木野听想听的音乐（许久没有这样尽情听了），读想读的书。就像干燥的地面吸吮雨水一样，很自然地，他也吻吮着孤独、沉默和寂寥。他无数遍播放阿特·泰特姆（Art Tatum）❶ 的钢琴独奏，那个调调跟他现在的心情极为相契。

　　不知为什么，他对分居的妻子还有睡了妻子的前同僚腾涌不起愤怒和仇恨。当然，开始的时候受到了强烈的打击，以至无法好好地想事情，持续一阵子后，终于想明白了："这也是没办法的事。"归根结底，

---

❶ 阿特·泰特姆（1909 年 10 月 13 日—1956 年 10 月 5 日），美国著名爵士乐钢琴家，爵士乐历史上最特别的音乐家之一。他一只眼睛失明，另一只眼睛高度弱视，却拥有超绝的演奏技艺、鲜明的风格和崇高的威望，远远超过同时代的其他音乐家。被誉为"世界第八奇迹"。

自己注定会遭遇这种事情。自己的人生，没有任何成就，又没有任何创造，不能令别人幸福，甚至令自己幸福也做不到。究竟什么才是幸福？木野根本确定不了。疼痛和愤怒、失望和看破，连这种感觉现在也无法清晰地感知到。他勉强可以做的，就是为自己失去了深度和重度的心找一个窝，将它牢牢拴锁住，而不致飘飘荡荡不知飘到何处。这个具体的场所，便是小巷深处这个叫"木野"的小酒吧。而此处——至少就结果而言是这样——果真是个待着十分舒适的奇妙空间。

比人先发现待在"木野"十分舒适的，是灰色的流浪猫。它是只年轻的雌猫，有漂亮的长尾巴。它好像很中意铺子一隅装饰橱架旁凹进去的角落，团起身子睡在那儿。木野尽量不去打扰猫。大概猫也希望人不去理睬它吧。每天给它一餐猫食，换换水，其他便不再多管。为了让猫能随时自由进出，他给它开了个小门洞。可不知怎么的，猫却更喜欢像人一样，从正面的门口进进出出。

大概是这只猫把好运带来了。终于，渐渐地开始有客人走进"木野"。小巷深处孤零零的铺子，小得毫不起眼的店招，饱经岁月的婀娜的柳树，沉默寡言的店主，唱机上播放的黑胶老唱片，品目只有两种、每天交替的简餐，铺子角落里宽舒自在的灰色的猫——甚至有客人就喜欢这种氛围而频繁光顾。他们有时还带来新的客人。距离生意兴隆还差得颇远，不过每月的流水已经够支付房租了。对木野来说，这就足够了。

　　理着光头的那个年轻男人到来，是开店后两个月左右的事情。木野
知道他的姓名，又经过了两个月时间。男人姓神田。写出来是神的田
圃，读KAMITA，不是KANDA。男人这样说明道。当然，不是说给木
野听的。

　　那天下着雨。是叫人犹豫要不要打伞那样的雨势。神田和另两个穿
着深色西服的客人在店里。时钟指在七点半。神田像往常一样，坐在吧
台前最靠里的凳子上，一边呷啜着兑水的白标威士忌，一边看书。那两
个客人坐在板桌前，喝着梅多克（Medoc）❶洋酒。他们进来时，从纸袋
里掏出葡萄酒瓶子，问："我们付五千日元开瓶费，喝自己带的酒没关
系吧？"虽说没有先例，但想不出理由拒绝，木野只好回答说没关系。
给他们拔掉瓶塞，端上两只葡萄酒杯，还送上一碟什果。其他就不用木
野操心了。不过，两人都吸烟，这对于讨厌烟味的木野来说，属于不怎
么欢迎的客人。店里空闲得很，于是木野往凳子上一坐，听起了收录有
《约书亚战斗在耶利哥》（Joshua Fit The Battle Of Jericho）❷ 的柯曼·霍
金斯（Coleman Hawkins）❸ 的唱片。梅杰·霍利（Major Holley）❹ 的即

---

❶ 法国红葡萄酒主要产区之一，被誉为法兰西的葡萄酒圣地。位于波尔多西北部芝朗狄河左河岸，这里的土壤表层
　 多为沙砾鹅卵石质，下层为赤褐色含铁土质，主要出产梅洛、赤霞珠等品种的红酒。
❷ 一首在美国南部黑人之间广为流传的著名圣歌。歌曲旋律活泼生动，充满活力。人们普遍认为这首歌是由19世纪
　 上半叶的黑人奴隶创作而成，其后有多名歌手翻唱过此曲。
❸ 柯曼·霍金斯（1904年11月21日—1969年5月19日），美国爵士萨克斯手，爵士乐史上最伟大的萨克斯演奏家
　 之一，曾独擅乐坛近40年。
❹ 梅杰·霍利（1924年7月10日—1990年10月25日），美国著名的爵士贝斯手，与很多顶尖音乐人都有过
　 合作。

兴贝斯独奏棒极了。

　　那两个男人起先很正常很欢睦地喝着红葡萄酒，后来不知因为什么争论起来，内容听不清楚，似乎是围绕某个问题两人意见微妙地相左，曾试图寻求共同点却以失败告终，双方渐渐变得冲动，从低声的驳论发展到激烈的争执。中间有一人倏地站起身，结果桌子被碰歪，盛满灰烬的烟灰缸和一只玻璃杯掉落在地，杯子摔得粉碎。木野拿着扫帚走过去，把地上打扫干净，又换上新的杯子和烟灰缸。

　　神田——那时候还不知道他的姓名——显然对这两人旁若无人的举动感觉很不悦，他的表情没有任何变化，但是左手指仿佛钢琴演奏师不放心某个琴键而对其进行调试那样，咚咚地在吧台上轻轻叩击着。木野心想，这样的场面不赶快平息不行，在这儿，自己就必须主动负起责任来。木野走到两人桌子旁，语气和婉地对他们说，对不起，能不能小声点？

　　其中一人抬颌瞄了木野一眼。目光凶狠。随后站起身。之前一点也没有注意到，竟是个十分粗壮的汉子。个头虽然不是很高大，但长得胸板厚实，胳膊短粗，这体格去做相扑运动员也没人见怪。自小打架从没有输过，对别人指手画脚惯了，被人指手画脚就不舒服——木野在体育大学读书的时候，像这种人也见识过好些个，不是说理说得通的人。

　　另一个男人个子矮小，身材瘦削，脸上透着狡黠，一副绝顶精明的样子，给人印象是个巧于煽动指使他人干事的主儿。他也缓缓地站起来。木野与两个人面对着面。看起来，两人决定以此为契机停止刚才的争论，联起手来对付木野。两个人的呼吸也惊人地合拍，似乎悄悄做好准备一直就在等着这样的事态发展。

"干什么?! 你这样神气活现地打搅别人说话?"壮男用干哑的声音粗声喝道。

他们都穿着看上去很高档的西服，但走近了仔细一打量，原来其做工实在算不上高档。不像是真的黑社会，不过大概跟那类人也差不了多少，反正干的不像是理直气壮说得出口的营生。壮男理着海军式平头，小个子男人则将一头头发染成茶色，还像梳丁髻似的扎着个向前弯曲的马尾辫。木野心想，可能碰上麻烦了。感觉腋下汗津津的。

"对不起。"声音是从背后传来的。

回头一看，神田已从吧台前的凳子上站起身，正立在木野身后。

"请不要指责店主好吗?"神田指了指木野说道，"是你们声音太大了，没办法注意力集中看书，我才要求他提醒你们一下的。"

神田的声音比平常更加沉稳，更加悠缓。然而声音之中，感觉有什么东西在看不见的地方正在潮动。

"没办法看书?"小个子男人压低声音重复了一遍对方的话，似乎想确认下语法和遣词造句有没有毛病。

"你没有家吗?"壮男问神田。

"有，"神田答道，"就住在这附近。"

"那你回家去看就好了嘛。"

"我喜欢在这儿看书。"神田说。

两个男人互相对望了下。

"把书给我，"小个子男人说，"我替你读！"

"我喜欢自己安静地看书，"神田回道，"再说我也不想上面的汉字被读错。"

"这家伙有点意思啊，"壮男说，"真好笑！"

"你叫什么名字？"马尾辫问道。

"神田，写出来是'神的田圃'，读 KAMITA，不是 KANDA。"神田回答。此时木野才知道他的姓名。

"记住你了！"壮男打断道。

"好主意，记忆怎么说也是一种力量呵。"神田说。

"不要多说了，上外头去怎么样？那样相互间应该可以直截了当地对对话。"小个子男人在一旁挑衅地说道。

"可以啊，"神田回答，"不管上哪儿都行。不过出去之前先把账结掉吧？这样对店里来说不会有什么麻烦。"

"没问题。"小个子男人同意了。

神田让木野算一算全部花销，然后掏出自己那份放在吧台上，连零头都分毫不差。马尾辫从钱夹里抽出张一万日元的票子，放到吧台上。

"算上摔坏的杯子，够了吧？"

"足够了。"木野说。

"小气店！"壮男嘲讽地说了句。

"不用找零了，留着买几只结实点的酒杯吧！"马尾辫对木野说道，

"那样的杯子，再高档的红酒喝起来也没味了！"

"真是个小气店！"壮男重复着。

"没错，这儿就是小气客人来的小气酒吧，"神田说道，"不适合你们的。别的地方应该有适合你们的店，只不过我不知道是在哪里。"

"这家伙说话有点意思，"壮男又来了句，"真好笑！"

神田接口道："等将来回忆的时候再慢慢笑吧。"

"别废话，我可不想让你来一五一十地教训我，该去什么地方不该去什么地方！"马尾辫说罢，伸出长长的舌头在唇上缓缓舔了一遭，像看见了猎物的蛇一样。

壮男拉开门走到外面，马尾辫紧随其后。大概是感觉到了危险的气氛，尽管外面下着雨，猫也跟在后面一下窜了出去。

"不要紧吧？"木野问神田。

"不用担心。"神田嘴角露出淡淡的微笑，"木野先生你就待在这儿等着，什么也不用做，要不了多少时间的。"

然后，神田走出酒吧，将门拉上。雨仍在下，雨势比刚才略微大了些。木野坐在吧台后面的凳子上，依从神田所说，只静静地等着时间流逝。没有新的客人进来。外面一丝声音也听不见，静得令人心慌。神田看到一半的书，书页仍翻开着，摊在吧台上，像只训练有素的狗等候着主人归来。大约过了十分钟，门被拉开，神田一个人返回来了。

"方便的话借我条毛巾行吗？"他对木野说道。

木野拿了条干净毛巾递给他。神田用毛巾拭了把淋湿的头，接着擦拭脖颈、脸，最后拭干两手。"谢谢。这下没事了，那两个家伙不会再来了，也没给木野先生留下什么麻烦根儿吧？"

"发生了什么，到底？"

神田只是轻轻摇了摇头。大概意思是说"你还是不知道的好"吧。接着，他回到座位上，喝着剩下的威士忌，就像什么事情也没发生过似的继续看书。离开的时候，他想结账，经木野提醒他才想起刚才已经结完账了。"哦，是呀。"神田似乎有点不好意思。他竖起雨衣领子，扣上带檐的圆帽，走出店门。

神田离开后，木野走到外面，在附近转了一圈。巷子里一片静寂，没有一个路人，没有格斗过的痕迹，地上也没有淌着血。这儿到底发生了什么？木野回到店里，继续等候客人进来。然而最终没有客人来，猫也没回来。他往玻璃杯里倒上双份的白标威士忌，兑入同量的水，放入两小块冰，试着喝了一口，并无特别的妙处，口感也就那个样。不过，这个夜晚他却无论如何需要点酒精了。

学生时代，有次走在新宿后面的小巷子里，看到一个像是黑社会的人同两个年轻白领打架。中年黑社会怎么看都是一副寒酸相，两个白领倒是体格强健，加上喝了酒，两人有点小瞧对手了。孰料黑社会大概受过拳击训练，他觑准机会，握紧拳头，一言不发，瞬间出拳将两人击倒在地，再用鞋底狠狠地揣了几脚。估摸肋骨被蹬断几根吧，反正模模糊糊听到类似的声音。这个男人随后若无其事地扬长而去。当时木野就想，这才是老把式，废话不说，大脑中预先计划好动作步骤，不等对手做好准备便迅速将其击倒，对倒地的对手毫不踌躇地再施以最后的致命一击。然后离去。普通人想打赢他根本没门。

木野想像着神田也像那个黑社会一样，数秒钟之内将两个男人打倒在地的情景。如此想来，神田的姿容总好像让人联想到拳击手哩。可是，这个雨夜，在这儿实际发生了什么，木野是不可能知道的，神田又不愿意多解释。越想谜越深隐。

这件事情发生之后大约一个星期，木野与一名女客人上了床。她是木野同妻子分手后第一个上床的女人。年龄三十或三十刚出头一点，总之就这上下。能不能归入美女的范畴得稍微斟酌一下，不过她的头发又直又长，鼻子短短的，身上有一种招人眼的独特氛围。举止和说话的样子总给人无精打采的印象，想从她表情中读出点什么几乎是徒劳的。

女人之前也来过好几次，每次总是跟一个差不多年纪的男人一同来。男人戴一副玳瑁框的眼镜，像昔日"跨掉的一代"似的下颌蓄一撮尖蓬蓬的胡须，长头发，看他不系领带的样子，大概不是普通的打工一族吧。她总是穿一袭窄长的连衣裙，将苗条的体形衬得越发好看。两人坐在吧台前，喝着鸡尾酒或者雪莉酒，偶尔悄声交谈几句。他们坐的时间不很长。木野猜想，大概是性事前的调情酒吧。或者是性事之后也说不定。两者都不好说，但不管怎样，两个人饮酒的方式总令人联想到性行为，绵长而浓烈的性行为。两人都表情匮乏得近乎不可思议，尤其是女人，木野从没有看见她笑过。

她有时会跟木野搭话，总是关于当时正播放的唱片的，乐手的名字啦，曲名啦。她说她喜欢爵士乐，自己还收藏了一些黑胶老唱片，"父亲经常在家里听这类音乐，我喜欢更新潮一些的，不过一听到这些就会怀念起从前。"

是怀念音乐，还是怀念父亲，从她的语气中判断不出到底是哪个。不过木野没有追问。

说实话，木野很注意不想跟这个女人产生什么瓜葛，因为看上去她的男伴不欢迎他和她变得亲近起来。有一次和她一本正经聊了些音乐方面的事（有关都内二手唱片店的信息以及唱片保养），后来，男人用冷峭中带着狐疑的目光盯向木野，就好像两人之间有什么秘密一样。木野向来很留意，尽量跟这类麻烦保持距离。人类所拥有的情感中，恐怕没有比嫉妒和自尊性质更恶劣的情感了。但不知什么原因，木野却一再遭遇来自这两者的麻烦。总觉得我身上有什么东西刺激到别人的阴暗之处呢。——木野有时候情不自禁会这样想。

那个晚上，女人是一个人来的。店里除了她没有其他客人。那是个雨下不停的长夜。门一拉开，裹着雨的气息的凉风钻入店里。她在吧台前落坐，要了一杯白兰地，对木野说播一张比利·哈乐黛（Billie Holiday）❶

---

❶ 比利·哈乐黛（1915 年 4 月 7 日—1959 年 7 月 17 日），美国爵士乐歌手、作曲家和演员，美国爵士乐坛的天后级巨星。她的一生非常苦涩晦暗。她来自破碎的家庭，在贫民窟长大，年幼时被强暴，一个人在孤独中挣扎着长大。成年后，她吸毒、坐牢、酗酒，最后孤独离世。也许正是由于身世的凄惨，她的演唱总是很有感染力，能够很好地诠释出歌曲的内涵，渗透出生命幻灭的悲壮。

的唱片吧，"最好是很久以前的"。木野将一张哥伦比亚公司发行、收录有《我心中的佐治亚》（Georgia on my mind）[1] 的黑胶老唱片放到唱盘上，二人默不作声听着唱片。她又说反面也可以播一下吗？他按她说的做了。

女人花了很长时间喝掉三杯白兰地，之后又听了好几张老唱片。埃罗尔·加纳（Erroll Garner）[2] 的《月光》、布迪·德弗朗克（Buddy DeFranco）[3] 的《说不出口》。开始木野还以为她在等一直同来的那个男伴，直到将近关门的时候，男人也没有出现。女人似乎也不是在等男人到来，其证据便是，女人一次也没有看过表。独自听着音乐，沉默不语中任思绪遄飞，不时倾欹白兰地酒杯。女人虽然不说话，但好像并没有闷得难受的样子。白兰地是适宜沉默的。轻轻晃动，凝视它的色泽，嗅一嗅它浓烈的味道，足可以消磨掉许多时光。她身穿黑色的半袖连衣裙，外面披一件薄薄的藏青色开襟毛衣，戴一对小巧的人造珍珠耳环。

"今天你的同伴不来吗？"快到关门的时刻，木野打消踌躇，问女人。

"他今天不会来了。他在很远的地方。"女人从凳子上站起，走到熟

---

❶ 原版由霍奇·卡迈克尔作曲，斯图亚特·戈雷尔填词。首次录制是在 1930 年 9 月 15 日的纽约，后被无数歌手和音乐人翻唱及再制作，成为经典。

❷ 埃罗尔·加纳（1921 年 6 月 15 日—1977 年 1 月 2 日），美国爵士钢琴家，演奏风格独特不循章法，结合和弦旋律两手轮流敲击节拍等迥异的表现手法令人匪夷所思，上世纪 50 年代，他的独特技法一度成为爵士钢琴演奏的标准规范。

❸ 布迪·德弗朗克（1923 年 2 月 17 日—　），美国著名爵士单簧管演奏家，被誉为"爵士单簧管之父"。曾获 20 个 Down Beat 爵士乐大奖、14 个 Playboy 全明星大奖、7 个 Metronome 全明星大奖以及 3 个作曲大奖。

睡中的猫身旁，用指尖轻轻抚摩它的背脊。猫毫不介意，继续熟睡。

"我们在想，要不要不再见面了。"女人坦怀说道。也许，她是在对猫说这句话。

但不管是对谁说的，木野都没办法作答。他没有接荏，继续在吧台后面收拾着，抹去料理台上的污渍，洗干净料理用具将它们收进抽屉。

"怎么说呢，"女人停止抚摩猫，走回吧台前，鞋跟发出"咯咯"的响声，"因为我们的关系，实在太不寻常了。"

"太不寻常？"木野毫无意义地重复着对方的话。

女人将杯中剩下的少许白兰地一口喝尽，"有样东西想让木野先生看看。"

不管那东西是什么，木野都不想看。因为是不该看的。从一开始木野就清楚得很。可是这种场合下他能够说出口来的话，已经统统丢失了。

女人脱掉开襟毛衣，坐到凳子上，随后双手绕到脖颈后，拉下连衣裙的拉链，将后背转向木野。背脊上白色胸罩扣带稍稍往下，现出好几颗痣一样的黑点，颜色好像褪了色的炭，不规则的排列让人联想到冬天的星座，那些枯竭黯淡的星星。也许是传染性疾病导致发疹所留下的瘢痕。又或者是被什么东西烫伤留下的疤痕。

许久，她什么话也不说，只是将裸露的后背朝向木野。看上去簇新的胸罩亮眼的白色与痣的暗黑色，形成一种不祥的对照。木野仿佛被人问到某个问题，却毫不理解问题的含义那样，只能无声地凝视着她的后背，无法将视线从那儿移开。隔了一忽儿，女人拉起背后的拉链，转过身来，重新披上开襟毛衣，整理了下头发，像是有意调节一下气氛。

"用点着的烟头戳的。"女人简短地解释。

木野好一阵子说不出话。可是他不能不说点什么。"那种事情谁干的?"他用缺少感情色彩的声音问道。

女人没有回答。看起来她不愿意回答。本来木野也没有期待她回答。

"再给我来杯白兰地好吗?"女人说。

木野往她杯子里倒上酒。她一饮而尽，并确认那股热辣辣的东西缓缓滑至胸部深处。

"嗳，木野先生。"

木野擦拭着杯子的手停了下来，抬起头看着她。

"这样的东西别的地方还有呢，"女人毫无表情地说，"怎么说好呢，是不大方便给人看的地方。"

那个夜晚，怎么会和那个女人发生那种关系，木野记不起自己内心当时是怎么想的了。木野一开始便感觉到了，那女人身上总有些非同寻常的东西。有个声音在他的本能感知域中低声嗫嚅：这个女人千万不可以介入太深。再说她背脊满是烟头烫伤的疤痕。木野本是个小心谨慎的男人，即使很想把女人揽在怀里，找个专事此业的女子也就行了，付了钱便告两讫。何况木野并没对那个女人有一点点动心。

然而那个夜晚，女人显而易见极其强烈地想要躺进男人——事实上便是木野——的怀中。她的眼睛不够深邃，只有眼珠子奇怪地鼓得很大，灿然烁灼着，溢出没有一点后退余地的决意。木野对抗不住它的气势，他没有那般顽强的毅力。

木野闭上店门，和女人一同上楼。女人在寝室的灯光下迅速脱掉连衣裙，褪下内衣裤，敞开身体，给木野看"不大方便给人看的地方"。木野情不自禁地将视线移开。可是视线不转回来是不行的。能做出如此残忍行为的男人的心理，还有能忍受如此痛楚的女人的心理，木野着实无法理解，也根本不想理解。那是远在离木野生活的世界若许光年、不毛的荒疏行星上才有的光景。

女人拉着木野的手，引向被烟头烫伤的疤痕，让他一处一处地触摸所有的疤痕，乳头旁边，性器旁边，都有疤痕。他的手指被她引导着，追寻着那一个个暗黪黪的发硬的疤痕，仿佛用铅笔按照顺序划线，绘成一个图形似的。图形似乎很像某个形状，却最终跟任何形状都联系不起来。接下来，女人让木野脱掉衣服，两人在榻榻米地板上交合了。既没有对话，也没有前戏，连灯也没来得及熄灭，被子也来不及铺上。女人长长的舌头探入木野的咽喉深处，双手的指甲狠狠嵌进木野的后背。

他们就像两只饥饿的野兽，在赤裸裸的灯光下，什么话也不说，反复贪享着对方欲火燔燃的肉体，用各种各样的姿势，各种各样的动作，几乎没有间断。窗外渐渐透出曦光时，两人钻入被窝，仿佛被黑暗倒拽似的进入睡乡。木野醒来时将近正午，女人已经不见了人影。感觉像极了刚刚做完一个栩栩如生的梦。当然不是梦，他的背脊仍刻着深深的抓痕，手腕上还留有齿印，阴茎头上还能感觉到被紧裹的隐痛，雪白的枕头上有几根长长的黑发盘着圈儿，上面还有以前从未闻过的强烈的气味。

　　那后来，女人仍以客人身份来过店里好几次，每次都是和下颌蓄着胡须的男人一起来。在吧台前落座，两人轻声说说话，喝点适量的鸡尾酒，然后离开。女人有时候用若无其事的普通语气跟木野简短交谈几句，基本都是关于音乐的，那样子似乎一点也不记得某个夜晚他们之间发生过的事情。然而，女人的眼睛深处，有种仿佛欲望之光的东西。木野能看见那样东西，真的，她眼睛里的东西就像漆黑的坑道深处所看见的提灯。眼里集聚的欲望之光，令木野清清楚楚地回忆起指甲深深抠进背脊的疼痛、被紧裹的阴茎头上的感触、来回搅动的长长的舌头、被子上残留的奇妙而强烈的气味。它们在告诉他：你没办法忘记的。

　　她与木野交谈的时候，同伴的男人则用善于琢磨字里行间背后含意的审读者般的目光，极其留神而仔细地观察着木野的神态和动作。这两个男女之间有种磐互交缠的感觉——他们似乎在默默分享除他们两人之外无人知晓的重大秘密。他们来木野的店里，是性事之前抑或性事之后，木野仍旧难以判断。但可以肯定的是，必是这两者中之一。还有，要说起来还真有点不可思议，两人都不吸烟。

　　女人也许还会在某个静寂的下着雨的夜晚，独自一人来店里吧，在下颌蓄须的同伴男人正在某个"很远的地方"的时候。木野知道，女人

眼睛深处那道深邃的光告诉了他。女人在吧台前落座，默默地喝掉几杯
白兰地，等着木野闭店关门，然后上到二楼，脱掉连衣裙，在灯光下张
开身体，给木野看她身上多出来的新的疤痕，接着，两人像两只野兽一
样威猛地交合在一起，来不及思考任何事情，直到更阑夜残。它会是什
么时候，木野不知道。但总会在某个时候。它是由女人决定的。想到这
些，木野只觉得喉咙深处发干，喝多少水也无法平愈的干渴。

　　夏天结束时，离婚的事情终于谈妥。木野又与妻子见了次面。因为
还留下若干必须两人商讨解决的事情，据妻子的代理人讲，她希望和木
野两个人当面商量。于是两人趁开店之前在木野的酒吧见了面。

　　需要商量的事情很快解决（木野对妻子提出的所有条件都没有异
议），两人在文件上签名、盖章。妻子身穿一件簇新的藏青色连衣裙，
发型破天荒剪成了短发，脸上表情看上去也比以前更加开朗、健康，脖
颈和胳膊上的赘肉也成功减掉了。对她来说，新的，或许更加充实的人
生就要开始了。她四下打量了一下酒吧，夸赞说这店很漂亮，又安静又
整洁，有种让人静得下来的氛围，很像你呵。随后是短暂的沉默。不
过，好像缺少点让人心灵震颤的东西……木野猜测，大概她想这样
说吧。

　　"要喝点什么？"木野问。

　　"要有的话，少许来点红酒吧。"

　　木野拿出两个红酒杯子，倒上纳帕出产的"仙粉黛（zinfandel）❶"，然后两人默默地饮起来。不是为庆祝正式离婚而干杯。一反常态地，猫竟跑过来主动跳上木野的膝头，木野抚摩着它的耳后。

　　"我必须要向你道歉。"妻子说。

　　"为什么道歉?"木野问。

　　"因为伤害到你。"妻子说，"伤到你了吧，哪怕一点点?"

　　"是呵，"木野稍稍停顿了一下回答说，"我也是个人嘛，受伤肯定受伤的，不过是一点点还是很多就不知道了。"

　　"我就想见面的时候，当面向你道歉来着。"

　　木野点点头："你也道过歉了，我也接受你的道歉了，所以，以后就不必再往心里去了。"

　　"事情走到这一步之前，本来想跟你坦率地谈谈的，可是一直没说出来。"

　　"可是再怎么回溯事情的经过，结果还不是一样吗?"

　　"是呀。"妻子道，"可是，就因为没说出来，拖拖拉拉的，才酿成了最坏的结果。"

　　木野默默地端起葡萄酒杯送到嘴边。事实上，当时发生的事情他已经几乎要开始忘掉了，好多事情已经无法按照先后顺序回想起来，就像

---

❶ 加利福尼亚最独特的红葡萄品种，最早由意大利传入美国加利福尼亚州，但人们还是把它当作是加利福尼亚的特产。仙粉黛是红葡萄里的芳香类品种，用其酿造的酒，酒香浓郁迷人，富有香料、黑莓、红莓、樱桃及土壤的味道，味道浓烈，颜色深重，酒精含量极高，单宁丰沛，酒体饱满，一般用作餐酒。

被打乱的索引卡片似的。

他开口说道："不是谁对谁错的事。要是我没有比计划提早一天回家就好了。或者，提前跟家里说一声就好了。那样的话，就不会发生那种事情了。"

妻子没有接茬。

"跟那个男人的关系是什么时候开始的？"木野问。

"我们最好不要谈这个。"

"是说我最好不要知道？"

妻子不吭声。

"是啊，或许这样更好。"木野表示赞同。说完继续抚摩猫。猫从喉咙里发出很响的咕噜声。它以前从没这样过。

"也许我没有资格跟你说这样的话，"这个已是他前妻的女人道，"不过我觉得，你还是应该尽快把这一切都忘掉，重新再找一个。"

"看情况吧。"木野应道。

"肯定会有其他女人跟你更加合得来，只要去找找看，我想不难找到的。我不能成为这样的女人，反而伤害了你，实在对不起。不过话说回来，你我之间一开始就像扣子扣错了洞眼似的。你应该像普通人一样活得更幸福。"

扣子扣错了洞眼——木野暗自琢磨着。

木野的视线投向她身上穿的簇新的藏青色连衣裙。两人面对面坐着，因此看不到她背后是拉链还是扣子，但木野还是情不自禁展开了想像，拉链褪下或者扣子解开后，她背脊上能看到什么？这具胴体已经不属于他了，他不能看它，也不能触摸它，只能开动想像了。眼睛闭起，就看到无数被烟头烫伤的暗褐色疤痕，像一堆活的虫子似的，在她光滑雪白的背脊上蠕蠕蠢蠢，各行其是地朝四面八方爬动。他几次忍不住左右轻轻晃动着脑袋，想把那不祥的幻象拂去。妻子似乎误解了他这个动作的含义。

　　她将手温柔地扣在木野的手上。"对不起，"她说，"真的很对不起!"

　　秋天到了，先是猫不见了，然后出现了蛇的身影。

　　意识到猫不见了，木野费了些日子。之所以会这样，因为那只雌猫——它没有名字——只有在它想来的时候才来店里，有时候会隔上一段时间都不露面。猫是崇尚自由的生物。而且那只猫似乎在别处也能得到猫食。故而即使一星期或十天看不到它，木野也不会往心里去。可是，当它连着两星期不露身影时，木野开始有点不安了。莫非遭遇了交通事故？当超过三个星期不再照面时，木野凭直觉终于知道它不会再回来了。

　　木野蛮中意那只猫，猫似乎也对木野毫无戒意。他给猫食物，提供它睡觉的地方，尽量不去打搅它。猫的回报是向他表示善意，或者说不表现出敌意。猫似乎还扮演了木野酒吧的幸运符的角色。只要猫安静地卧在酒吧的角落里，就不会有什么坏事情发生——木野有这种感觉。

跟猫消失前后呼应的，是在家周围发现了蛇。

最初看到的是条浅褐色的蛇。很长。在前院洒下树荫的柳树下，扭动着身子缓缓行进。木野抱着一只装有食品的纸袋，正在用钥匙开门，它闯入了视野。在东京市中心看到蛇是很罕见的。他有点吃惊，不过也没怎么在意，隔壁的根津美术馆有个大庭园，生长着不少原始树木，树林里有蛇也就没什么奇怪了。

可是两天后的上午，他打开门想去取报纸，几乎在同一个地方又看见了另一条蛇。这条蛇身体呈青色，比上次那条小得多，身体感觉好像黏糊糊的。蛇看到了木野立刻停止蠕动，略微仰起头来，朝木野的脸孔窥察（或者说看上去像是在窥察）。木野犹豫起来，不知道究竟如何是好，此时蛇慢慢地垂下头，然后迅速消失在了背阴之处。

木野不由得感到一阵恐惧，因为那条蛇好像认识他。

几乎在同样地方又发现了第三条蛇，是在那之后三天。也是在前院的柳树下。这次的蛇比前两条要短很多，身体透着黑色。木野搞不清蛇的种类，但是这条蛇给他的印象，是他看到的三条中最危险的蛇。看上去好像是毒蛇，不过也不敢确定。他看见蛇只是很短的一瞬，那蛇觉察到木野到来，立即蹿腾着溜进了杂草丛。一星期内竟遇见三条蛇，随便怎么说都过于频繁了。最近大概会有什么事情发生吧。

木野给在伊豆的姨妈打电话，简单报告了自己的近况，随后试着问姨妈青山的家周围以前有没有看到过蛇。

"蛇？"姨妈吃惊地提高了声音，"是地上爬的蛇？"

木野告诉她在屋子前面接连看到蛇的事情。

"我在那儿住了好长时间，要说起来好像没见到过蛇哇。"姨妈说。

"这么说，一个礼拜之中在家周围发现三条蛇，不能算是正常啰？"

"嗯，是啊，我觉得不正常。会不会是大地震什么的前兆啊？因为动物能提前感觉到某种异常，就会做出一些不同往常的举动来。"

"假使真是那样的话，或许应该备上些应急食品才好哪。"木野说。

"我想是的。不管怎样，只要住在东京，不知道什么时候总会遇上地震的。"

"可是，要说起来的话，蛇对地震真的那么在乎吗？"

姨妈回答他说，自己对于蛇到底对什么在乎一点儿也不清楚。当然，木野对此也完全不知晓。

"不过说起来，蛇这种东西还真是聪明得很哪。"姨妈说，"古代神话中说，蛇能够给人以启迪呢，而且不可思议的是，全世界不管哪儿的神话都是这样说的。不过是往好的方面启迪还是往坏的方面启迪，没有受到过启迪是不知道的。总体来说，大多数情况下，蛇既是种善良的动物，同时又是种罪恶的动物。"

"两面性……"木野接口道。

"是的，蛇这种东西就是两面性的生物呀。还有啊，它们当中有种又大又狡猾的蛇，为了不让自己被人杀死，会把心脏藏在别的地方，所以，假如想杀死一条蛇的话，就必须趁它不在的时候，到它隐藏的地方，找到那颗跳动的心脏，把它劈成两半才成。当然啦，这不是件容易的事情。"

木野对姨妈的博识深感钦佩。

"前些时候看 NHK，有档比较世界各地神话的节目，哪所大学的一个老师这样说的。电视节目经常会教给人一些很有用的知识呢，人就不会犯傻了。有空的时候，你最好也多看看电视。"

一星期之内在附近发现三条不同的蛇，这是不正常的——这事在同姨妈的通话中得到了明确。

十二点钟闭店，关好门，走上二楼，洗澡，翻看一忽儿书，两点钟不到熄灯睡觉。这时候，木野感觉自己好像被蛇们包围了，家的周围聚拢了无数的蛇。他感觉到了黑暗中的气息。夜半更深，四周一片静寂，除了偶尔响起的救护车警笛声外，没有一点动静，静得甚至仿佛能听到蛇爬行的声音。为猫特意开的猫洞用木板钉死了，蛇们应该爬不进家里来的。

至少眼下，蛇们似乎还没有打算对木野做出什么举动，它们只是怀着两面性悄悄将这个小小的家包围住而已。那只灰色的猫不再回到店里，大概也是因为这个关系。被烟头烫下疤痕的女人也有一阵子没出现了。木野既害怕她在雨夜独自一人来店里，同时又在心底暗暗企求她来。这也是两面性的事物之一。

一天晚上十点不到，神田出现在店里。他要了啤酒，又喝了杯双份的白标威士忌，中间还吃了份包心菜卷肉。他很少这么晚来店里，也很少待这么长时间。偶尔，神田将视线从正阅看的书页上抬起，直直凝视着前面的墙壁，似乎在沉思什么事情。他在等着闭店时刻到来，等着店里只剩自己唯一一个客人。

"木野先生，"神田结完账，清了清嗓子说道，"事情弄到这个地步，我实在觉得很抱歉。"

"事情弄到这个地步是什么意思？"木野不假思索反问道。

"不得不把这个店关了，哪怕只是暂时性的。"

木野说不出话来，他紧紧盯着神田。把店关掉？

神田朝空无一客的店内扫视了一圈，然后看着木野的脸孔继续说："看来我说的你还没有完全理解吧？"

"是啊，到底是怎么回事，我想我一点也没弄明白。"

神田终于开诚布公地说道："我对这间酒吧非常中意，既可以安静地看书，播放的音乐也是我喜欢的，我很高兴这儿开了这样一间酒吧。不过遗憾的是，很多东西还是不完整呵。"

"不完整？"木野问。这句话具体到底是指什么，木野不明白。他能够想像到的，顶多就是碗边有少许小豁口之类。

"那只灰色的猫不回来了吧？"神田没有回答，又接着道，"至少有段时间了吧？"

"那也是因为这儿不完整的关系？"

神田还是没有回答。

木野仿效神田的样子，也仔细朝店内扫视了一圈，却没发现与平常有什么不一样的地方。也许是心里那样想的缘故，只是觉得比平常略显空虚，并且缺少活力与色彩。闭店之后的酒吧里本来就空荡荡，现在看了更加觉得空荡荡。

神田接着说道："木野先生不是那种自己主动去犯错做错事的人，这个我非常清楚，可是这个世界上，有些事情仅仅不做错事是不够的，有的人就利用这种空白来作借口。我说的你明白什么意思了吧？"

木野无法理解。他老实回答不明白。

"你好好想一想，"神田盯视着木野的双眼说，"这是需要深刻思考的重要问题！虽然答案不是轻而易举能够想出来的。"

"神田先生的意思是说，不是我做了什么错误的事情，而是我没有做正确的事情，所以才出现了重大问题对吗——有关这间酒吧，或者有关我自身的？"

神田点了点头，"往严重了说的话，应该就是这样。不过即使这样，我也不想只责备木野先生一个人，本来我也应该更早注意到这一点的。是我麻痹大意了。这儿不光对我来说是这样，对别人来说也肯定是个待着很舒适的地方，你说对吧？"

"接下来我该怎么办？"木野问。

神田没作声，将双手插入雨衣口袋，隔了片刻才说道："把这间酒吧关掉一阵子，走得远远的。目前来讲，除此以外应该没有什么可做的了。假如你认识个有身份的和尚，可以向他请经，也可以请他在家的四周贴些符咒。不过当今这个时代，那种人轻易找不到了。所以最好赶在下次下连绵雨之前，离开这里！不好意思，有出去长时间旅行的钱吧?"

"看多长了，不太长的话还能凑合。"木野回答。

"那就好。下一步的事情只有下一步再考虑了。"

"可是，你到底是谁?"

"我只是神田而已，"神田答道，"写出来是'神的田圃'，不过不读
KANDA，很早以前就在这附近住了。"

木野下定决心试着问道："神田先生，我还想问一个问题：你以前在
这附近看到过蛇吗?"

神田没有直接回答他。"记住了，走得远远的，要尽量频繁地不断
地换地方。还有一点，每个礼拜的礼拜一和礼拜四必须寄一张风景明信
片，那样就能知道木野先生平安无事了。"

"风景明信片?"

"只要是当地风景，什么样的都可以。"

"可是明信片往哪儿寄呢?"

"就寄给你伊豆的姨妈吧。寄件人的名字还有内容全都不要写，只
写收件人的住址姓名——这点很重要，千万不要忘记。"

木野吃惊地望着对方："你和我姨妈很熟吗?"

"嗯，我认识你姨妈。说老实话，就是她之前拜托我的，叫我多留
意你，不要让什么坏事情落到你身上。不过，看来我还是辜负了她的
期望。"

这男人到底是什么人？可是，只要神田不主动解释清楚，木野是无

法弄明白的。

"等到确信可以返回来了，到时候我会通知你的。木野先生，我不通知你的话你千万不要回到这里，明白了吗?"

木野当天夜里收拾好了出行的行李。最好赶在下次下连绵雨之前离开这里! 这通告实在太唐突。解释也没有，前因后果也一无所知。但木野仍然完全相信了神田所说的，虽然没头没尾，可不知怎么就是丝毫也不怀疑。从神田口中说出来的话，有股超越逻辑的不可思议的说服力。他将替换衣服和洗漱用具装进一个中型挎包。在体育用品公司工作的时候，自己收拾行李出差，用的便是同一个挎包。长时间旅行什么需要，什么不需要，他非常清楚。

天刚亮，他用图钉在店门上贴了张纸，写着"临时停业，敬请见谅"。走得远远的。是神田说的。可是具体到底去哪儿妥当却还没想好，往北还是往南也不知道。于是，他决定干脆按照以前推销运动鞋时经常跑的路线走，乘高速巴士前往高松，绕四国岛一周后，再换乘渡船去九州岛。

他入住高松车站附近的一家经济旅馆，在这里捱了三天。他漫无目的地在街上瞎逛，电影连着看了几部。大白天无论哪家电影院都空空如也，放映的电影全都无聊透顶。天色暗了，他回到旅馆房间，打开电视机，听从姨妈的劝告主要收看教育类节目，不过并没有发掘到任何有用的信息。在高松的第二天是星期四，他在便利店买了风景明信片，贴上邮票，给姨妈寄了出去。照神田说的，他只在上面写了姨妈的姓名和住址。

第三天晚上，他心血来潮找了个女人。电话号码是出租车司机告诉的。对方是个二十岁上下的年轻姑娘，身材姣好，肌肤嫩滑。然而同这个女人的交合自始至终乏味无趣。本来就只为了解决性欲而已。不过说到这个，性欲非但没有解决，反而变得更饥渴了。

"好好想一想，"神田说过，"这是需要深刻思考的重要问题！"可是，无论怎样深刻思考，到底是什么原因导致了现在的局面，木野仍然无法理解。

这天夜里下起了雨。雨势不算大，却是秋天特有的连绵细雨，老也不见要停歇的样子，就像一场单调而啰嗦的告白似的，没有顿挫，也没有强弱变化，甚至现在回想起来，连什么时候开始下的都毫无感觉。雨带来的是湿湿冷冷的无精打采感。提不起劲头打着伞出去找个地方把晚饭对付掉。既然这样，干脆不吃也罢。细雨飘洒在枕边的窗玻璃上，雨滴不停地被新的雨滴更替掉。木野观察着窗上雨滴构成的图案在细微变化，大脑茫无头绪。图案另一边，是一望无际的暗沉沉的市街。他从便携瓶中倒出威士忌在杯子里，兑入同量的矿泉水，慢慢喝着。没有冰块。往走廊的自动制冰机去一趟也不想。温吞吞的感觉，跟他懒洋洋的身体十分相契。

木野又在熊本车站旁的廉价商务旅馆住下来。低矮的天花板，窄小的床，小型电视机，促狭的浴缸，小家子气的电冰箱，屋子里所有一切都比正常的小了一号。待在屋里，感觉自己仿佛变成了格格不入的巨汉。不过，木野对于这逼仄并不觉得很难受，他终日将自己关在屋里。加上下雨的缘故，除掉去附近的便利店，他一次也没有走出过屋子。在便利店买了便携瓶装的威士忌、矿泉水，还有咸饼干小点心。躺在床上看看书，书看厌了看电视，电视看厌了再看书。

　　这天是住宿熊本的第三天。银行的存款余额还有富裕，假如愿意的话，还可以换个高档些的酒店住，不过木野觉得，这种逼仄的居所正适合眼下的自己。躲进一个狭小的地方，就不需要考虑没用的事了，伸出手去，基本上所有东西都能够得到，这对木野来说是出奇的好。他想，假如能听听音乐就更没的说了。有时候，他会特别地想听泰迪·威尔逊（Teddy Wilson）❶、维克·迪肯森（Vic Dickenson）❷、巴克·克莱顿（Buck Clayton,）❸ 等人古典风格的爵士乐，扎实的技巧，简洁的和声，乐曲本身自然流露出的欣喜，以及演奏带给人的全情的愉悦、乐观——眼下木野企求的是那种时下已经不复存在的音乐。然而，他收藏的唱片

---

❶ 泰迪·威尔逊（1912 年 11 月 24 日—1986 年 7 月 31 日），美国著名爵士乐钢琴家，美国最早在公共场所正式演出的黑人爵士音乐家。威尔逊的演奏风格精致而优雅，曾参与录制很多爵士乐大师的唱片。

❷ 维克·迪肯森（1906 年 8 月 6 日—1984 年 11 月 16 日），非洲裔美国人，著名爵士乐长号手。迪肯森的职业生涯始于 20 世纪 20 年代，曾与多位音乐界传奇人物搭档演出。其独具特色的长号演奏令其广受赞誉。

❸ 巴克·克莱顿（1911 年 11 月 12 日—1991 年 12 月 8 日），美国著名爵士乐小号手，被誉为 "摇摆乐时代（指 20 世纪三四十年代摇摆风格爵士乐风行的时期）最优秀的小号手"，曾是美国著名乐队领班贝西公爵（Count Basie）的 "旧约全书" 管弦乐团主要成员。克莱顿深受美国著名爵士乐家路易斯·阿姆斯特朗的影响。他曾与中国流行音乐奠基人黎锦晖有过密切合作，在一定程度上改变了中国的音乐史。

远在伸手弗及的地方。他脑海浮想起熄了灯之后一片静寂的"木野"闭店之后的情景，还有巷子深处，粗壮的柳树，前来酌饮的客人看到歇业告示后怏怏离去。猫怎样了？即使它回来，看到出入的门洞被钉死，一定好生败兴吧。那些心中藏着某个秘密的蛇们，是不是仍旧安静地包围着那个家呢？

从八楼窗口可以看到正对面写字楼的窗户。细长的建筑看上去很是粗陋。透过玻璃窗，从早上到傍晚，都看得见对面楼层上班族的身影，由于有时候百叶窗帘会落下，只能断片式地看见他们的举动，无法知道他们是做什么工作的。男人们系着领带进进出出，女人们坐在电脑前敲打键盘、接听电话、整理文件，看着怎么也激不起兴趣来。所有人无论容貌还是服装，全都平庸得很。木野长时间不知厌倦地朝那边远眺的唯一理由是，因为没有其他事情可做。中间，令木野最感意外，抑或最感惊讶的，是那些人脸上时不时会露出非常愉快的表情，甚至有的张开嘴巴大笑。怎么回事？整天待在这种一点也不起眼的办公楼里，不得不干着无趣的活儿（映入木野眼界的只有无趣），心情为什么还能如此愉快？这里面是不是隐藏着某个自己无法理解的重大秘密？不知怎么，想到这里，木野稍稍不安起来。

又该换下一个地方了。尽量频繁地不断地换地方——神田告诉过他。但不知什么原因，木野无法离开熊本这个狭小逼仄的旅馆了。下一个想去的地方，想看的风景，他彻底想不出来。世界是一片没有航标的宽阔的大海，木野是丢了航海图和锚碇的一叶小舟。接下来去哪儿，他试着打开九州岛地图寻找，忽然一阵恶心轻轻涌上来，好像晕船似的。他躺到床上，拿本书翻看起来，时不时抬起头，窥察在对面写字楼里干活的人们的举动。随着时间流逝，他感觉自己的身体渐渐失去重心，肌肤好像也变透明了。

这前一天是星期一，木野在旅馆的小卖部买了印有熊本城的风景明信片，用圆珠笔写下姨妈的名字和她伊豆的住址，贴上邮票，然后将明信片拿在手上，仔细端详了上面的古城照片许久。这是最适合印在明信片上的老套的风景照，巍峨的天守阁威严耸立在青空白云下，照片说明中写道："又名'银杏城'。日本三大名城之一。"无论端详多久，也找不出古城与木野之间称得上结合点的东西。于是他一冲动，将明信片翻转过来，在空白的地方给姨妈写了一段话。

"您好吗？近来腰怎么样？我仍旧独自一人到处瞎逛，有时候感觉自己好像变成了半透明的人，像刚捕捞上来的乌贼，内脏都能看见。除去这个，大体都还好。过一阵子打算去伊豆看望您。木野"

为什么写下这些话？木野回想不起当时自己的心理活动。这是神田坚决禁止的。除了收件人的姓名住址，明信片上什么都不要写，这点很重要，千万不要忘记。神田这样告诫过。可是木野已经无法控制自己。一定要在某个地方跟现实世界保持一丝联结，否则我就不再是我了，我会变成一个哪儿都不存在的人了。木野的手几乎是不由自主地用又细又硬的笔迹填满了明信片狭小的空白。趁着还没改变主意，他赶紧将明信片投进旅馆附近的邮筒里。

———

眼睛睁开时，枕边的数字式手表显示时间是两点十五分。有人在敲门。敲击声不太重，但就像技艺高超的木匠钉钉子一样，短促，有劲，用力集中。敲门的那个人清楚这声音能传进木野耳朵里，清楚这声音能把木野从更深夜半的睡眠中，从温情的片刻休憩中拽出，然后残忍地将他的意识角角落落全都清洗一遍。

敲门的是谁，木野知道。这敲击在要求他从床上起来，从屋里将房门打开。坚定地、执拗地要求着。这个人从屋外无法打开门。门只能由木野用自己的手从里面打开。

木野清醒地知道，这次来访正是自己最祈求的，同时也是自己最恐惧的。没错，所谓两面性，到头来只能是抱守两极之间的那个空洞而已。"伤到你了吧，哪怕一点点？"妻子问他。"我也是个人，受伤肯定受伤的。"木野这样回答。但那不是真的，至少有一半是在骗她。木野承认：我本来最容易受伤的时候却没有狠狠地令我受伤，当感觉真正痛苦的时候，我已经把我宝贵的知觉杀死了。因为不想承受痛切的感受，竭力回避与真实面对面遭遇，结果便一直揣着这颗空洞的心。蛇们获得这个居所，想把它们冷冰冰的跳动的心脏藏匿在里面。

"这儿不光对我来说是这样，对别人来说也肯定是个待着很舒适的地方"，神田说过。他想说的意思，现在木野总算明白了。

木野蒙上被子，闭起眼睛，双手紧紧塞住耳朵，想躲进自己那个狭小逼仄的世界。他对自己说，我什么也没看到，什么也没听到。可是，这样仍无法消去门外的声音。即使躲到天涯海角，两只耳朵用黏土封住，但只要自己活着，被称作意识的东西仍残存些微，敲门声就会一直追着他不舍。因为敲的不是旅馆的房门，而是在敲他的心扉。任何人都无法逃离这声音。现在离天亮——假使还有天亮的话——仍有很长一段时间横亘在其间。

不知过了多久，清醒过来时，敲门声已经停止。四下仿佛处在月亮背面似的，一片静寂。但木野仍旧蒙着被子，一动不动。不能麻痹大意。他屏息静气，竖起耳朵，捕捉着沉默之中的不祥启示。门外的人不可能如此轻易放弃。不能比对手更显情急。月亮还没有爬起来。只有枯死的星座黑魆魆地散布在天空。较长时间之内世界仍属于他们。他们有各种各样不同手法，可以采取各种要求形式，乌黑的根须可以从地底伸展至任何地方，它们经过漫长时间的耐心等待，探寻最薄弱的突破口，连坚固的岩石也能将之崩摧。

果然一如预料的，敲门声又响了起来。这次响声是从另一个方向传来的。声音强度也不一样，比先前更近了，是从耳边响起的。那个人似乎就在枕边的窗外。大概是紧贴在拔地而起的八层楼房的外墙，将脸凑到窗上，笃笃地敲击到现在。除此之外实在想像不出。

不过敲击方式仍旧没变。两下，接着又是两下，稍许间隔片刻再两下。一直不停地反复敲击着。声音微妙地忽高忽低，就像富有情感功能的特制的心脏在跳动一样。

窗帘拉开着。躺下之前，木野一直漫无目的地看着附在窗上的雨滴形成的图案。木野大致能想像得出，现在如果掀开被子露出头，会看到暗黢黢的玻璃窗外有什么东西。哦不对，他想像不出。想像这种大脑机能必须将它彻底消荡。无论如何我不能去看它，不管多么空洞，毕竟它现在还是我的心哪。哪怕只有一点点，它还残留着人的温煦，许多记忆，就像海滨被木桩缠住的水草一样，正默默等待着满潮到来；许多回忆，假使斩断的话，一定会有红殷殷的血淌出。眼下，还不可以让这颗心漂泊流浪向某个莫名其妙的地方。

写出来是"神的田圃"，读 KAMITA，不是 KANDA。住在这附近。

"记住你了！"壮男说。

"好主意，记忆怎么说也是一种力量呵。"神田道。

木野无意中想到，也许神田以某种方式跟前院那棵粗大的老柳有着什么关联。柳树是在保护自己和那个小小的家。虽然理由不甚了了，可一旦这个念头浮上脑际，便感觉好像所有事情都串连起来了。

木野的脑海中又浮现出绿色浓密的柳树枝条低垂向地面的情形。夏天，它将充满凉意的繁荫投在前院；下雨的日子，无数银色水滴攒聚在柳枝上闪着柔洁的浮光；无风的日子，它静静沉思；起风的日子，它又会令安定不下来的心漫然摇曳；小鸟们飞来，一边灵巧地稳立又细又韧的枝上，一边用尖厉的声音娓娓交语，随后振翅飞走，鸟们飞走之后，柳枝兴奋得好长时间左右摇摆不停。

木野像虫子般在被窝里蜷作一团，紧闭双目，心里只想着柳树。它的颜色、它的形状、它的曳动，都一一清晰地浮现在脑海。后来他开始祈祷黎明到来。他只有这样耐心等待着四下渐次变得光明，乌鸦和小鸟们醒来，开始新的一天的活动。现在只能信任这个世界上的鸟们，那些有着翅膀和利喙的所有鸟们。天亮之前，他绝不能让自己的心变成空洞，空白和由那里生出的真空，在邀呼着它们飞来。

只想柳树还不行时，木野又开始想那只身材细挑的灰色雌猫，想起它喜欢吃烤海苔。想坐在吧台前认真看书的神田的身影。想田径跑道上做着残酷的重复训练的年轻中跑选手们的身影。想本·韦伯斯特（Ben Webster）❶吹奏的《我的罗曼史》那优美的独奏旋律（中间"嗞——""嗞——"两次穿插进搓碟❷的音效）。记忆怎么说也是一种力量呵。后来又想起剪了短发、穿着簇新藏青色连衣裙的妻子的身影。不管怎么说，木野仍旧祈愿她在一个新的地方开始幸福而健康的新生活，身体不要受到伤害。她面对面向我道了歉，我接受了她的道歉，我不光要学会忘记，还必须学会宽恕。

然而时光似乎从来不曾公正地流逝。血腥的欲望之重累，生锈的悔恨之锚钩，试图阻挠时光正确流淌。因此，时间无法像飞矢那样直线行进，雨也时降时歇，时钟的指针也屡屡惘惑，鸟们仍然耽恋于沉睡，看不见脸孔的邮局职员在默默分拣明信片，妻子漂亮的乳房上下剧烈颤

---

❶ 本·韦伯斯特（1909 年 3 月 27 日—1973 年 9 月 20 日），美国颇具影响力的爵士乐次中音萨克斯管吹奏者。韦伯斯特是早期爵士乐手中吹次中音音色最美的人之一。他吹出的音色非常特别，沙哑柔软，却又非常甜美浓郁。

❷ 指播放唱片过程中强行将唱片反向旋转，使胶木唱片和唱针之间反向摩擦而发出与原声轨相反的特殊声音，是 DJ 喜欢采用的一种高超技法，极具现场感和即兴性。

动，有人在执拗地不停敲着玻璃窗。敲击声始终很有规律，似乎要将他
诱入深幽的暗示迷宫。咚咚，咚咚，再是咚咚。不要把眼睛背过去，笔
直地看着我。有人在耳畔嗫嚅着。这是你的心的形相呵。

初夏的风吹过，柳枝轻盈地摇曳不停。木野内心深处一间又暗又狭
的小屋里，有人朝他伸出温暖的手，想要叠放在他的手上。木野双目紧
闭，想那手上肌肤的温暖，想那柔厚和深邃。那是他长久以来忘却了的
东西，长久以来被他疏隔在一边的东西。没错，我受伤害了，而且伤得
很深。木野自己对自己说。然后，他流泪了，在那间晦暗而安静的小
屋里。

这期间雨一直不间断地下着，冷冷地浸濡着这个世界。

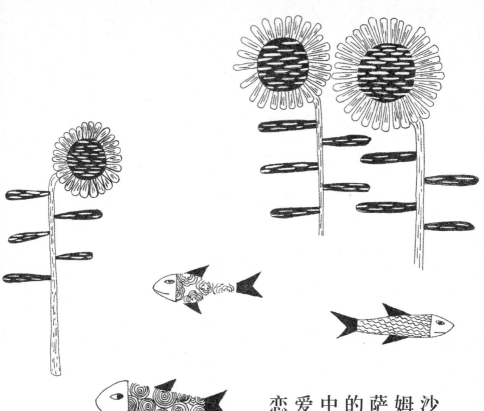

恋爱中的萨姆沙

林　少　华　——　译

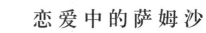

　　睁眼醒来，他发现自己在床上变成了格里高尔·萨姆沙。

　　他依然仰卧不动，盯视天花板。眼睛好一会儿才习惯房间的昏暗。看上去，天花板是哪里都有的再普通不过的天花板。原本涂的想必是白色或浅奶油色那样的颜色。但由于岁月带来的灰尘或污渍的关系，如今的色调让人想到开始变质的牛奶。没有装饰，也没有明显的特征。诉求和信息也无从谈起。作为天花板的结构性职责，看样子倒是大体完成得无一疏漏，但更多的意愿无从找见。

　　房间的一面墙壁（以他所在的位置来说，即是左边）有个足够高的窗口，但窗口从里面堵上了。原来肯定有的窗帘已被拿掉，几块厚厚的木板打横钉在窗框上。板与板之间——有意还是无意则不清楚——都分别开有几厘米空隙，早晨的阳光从那里射到房间里面，在地板上曳出几条炫目耀眼的平行光线。至于窗口为什么被钉得这般结实，缘由不得而知。莫非为了不让谁进入房间？还是不让谁从这里去外面呢（那个谁是指自己不成）？或者说狂风或龙卷风即将袭来？

　　他保持仰卧姿势不动，只轻轻动一下眼睛和脖子查看房间。

　　房间里，除了他躺的床，能称得上家具的东西一样也没有。没有箱，没有桌椅。墙上没有画没有钟没有镜。灯具也没找见。目力所及，毛地毯也好非毛地毯也好，地上好像都没铺。木地板就那样裸露着。墙上贴着褪色的旧壁纸。上面固然有细花纹，但在微弱的光照中——即使在明亮的光照中怕也同样——要看清是什么图案几乎是不可能的。

　　同窗口相反的相当于他右边的墙壁有一扇门。门上带有部分变色的黄铜把手。估计这房间本来是作为一般居室使用来着。可以看出那样的气氛。但现在居住者的气息已经从那里消除得干干净净。只有他现在躺的床孤零零剩在房间中央。但床又没有配成套卧具。没床单没被没枕头。仅有一张旧床垫赤裸裸放着。

这里是哪里？往下该做什么？萨姆沙全然摸不着头脑。勉强能理解的，是自己现在成了具有格里高尔·萨姆沙这个名字的人。这个他何以晓得呢？也许睡觉当中有谁在耳边悄声低语："你的名字叫格里高尔·萨姆沙。"

那么，成为格里高尔之前自己到底是谁呢？是什么呢？

可是，刚一开始思考，意识就黏乎乎滞重起来。脑袋深处仿佛有蚊群那样的东西腾起，越来越浓，越来越密，发出低沉的嗡嗡声向脑袋柔软的部位移动。于是萨姆沙中止思考。就什么深入思考，对此刻的他来说肯定负担过大。

无论如何都必须学会让身体动起来。不能总躺在这里徒然仰望天花板。这太四面受敌了。若在如此状态下遭遇敌手——例如有猛禽扑来——基本没有活命希望。他首先动了动手指。左右两手各五只，总共长着十只长手指。十指有许许多多关节。动作的配合很复杂。何况全身上下似乎已经麻痹（就好像身体浸在大比重黏性液体中），无法向末端部位传送力气。

但他还是闭起眼睛集中注意力，耐着性子反复尝试。如此时间里，两手的指头可以渐渐自由活动了。关节虽然动得慢，但知道怎么动了。

指尖动起来后，原先遍及全身的麻痹感逐渐淡薄退去。但是，随之而来的剧痛就好像要填空补缺似的——或者简直像凶险的黑色礁石，开始一点一点折磨他的身体。

花了好一会儿时间他才弄明白那是空腹感。那是从未体验过的，或者说至少记忆中不曾体验过的势不可挡的空腹感。感觉就像是足有一个星期没吃东西了——哪怕一小片——身体正中央仿佛出现一个真空的空洞。浑身上下骨骼吱呀作响，筋肉被狠狠勒紧，五脏六腑处处痉挛。

萨姆沙难以忍受这种痛苦，他把双肘支在床垫上，一点一点欠起上半身。脊梁骨几次咔咔发出骇人的声响。到底在这床上躺了多长时间呢？身体所有部位都对起身、对改变原有姿势一事高声表明抗议。尽管这样，他还是百般忍受痛苦，拼凑大凡所有的力气直起上身，使之成为坐在床上的姿势。

多么不成样子的身体啊！他飞快打量自己赤裸的肉体，用手触摸看不见的部位。萨姆沙不由得思忖：不单单不成样子，还毫不设防。滑溜溜的白色肌体（体毛似有若无）。全然没有遮挡的柔软的腹部。形状奇特的——奇特得几乎无由存在的——生殖器，分别仅有两条的细细瘦瘦的胳膊和腿。青筋隆起的脆弱的血管。仿佛一折即断的摇摇摆摆的脖颈。歪歪扭扭的大脑袋。脑袋顶端覆盖的纠结发硬的长头发。俨然贝壳左右唐突地支出的耳朵。这样的东西果真是自己的吗？以如此不合理的、仿佛即刻土崩瓦解的身体（防御性外壳也好攻击性武器也好都未被赋予）能在这个世界上好好活下去吗？为什么没有成为鱼呢？为什么没有成为向日葵呢？还是鱼或向日葵更说得过去。至少比作为格里高尔·萨姆沙合理得多。他情不自禁地这样想道。

尽管如此，他还是下决心把双腿放下床，脚底踩着地板。裸露的木地板比预想的凉得多，他不由得倒吸一口气。接着，他不怕再三再四的严重失败，任凭身体四下碰撞，最后终于用两腿成功地站在那里。他用一只手紧握床框，就那样好一会儿静止不动。可是，一动不动时间里，觉得脑袋重得异乎寻常，没办法让脖子笔直挺立。腋下流出汗来。生殖器因极度紧张而彻底收敛。他大大做了几次深呼吸，以便使紧张变僵的躯体放松下来。

身体在某种程度上习惯在地板站立之后，往下必须学会行走。问题是，用两条腿行走是近乎拷打的苦役，每动一下都会带来剧烈的肉体痛苦。左右两腿交替向前移动，从任何观点来看都是反自然法则的不合理行为。视角高，而且处于不安稳位置。这使得他直不起身子。最初时间里，理解腰骨和膝部关节的连动性并保持其平衡是极其艰难的事。每前进一步，对于跌倒的恐惧都让他双膝颤抖，两手不得不死死扶住墙壁。

话虽这么说，却又不能永远待在这房间里不动。必须在哪里找到像样的食物。再不把食物送入口中，这剧烈的空腹迟早要吃掉以至毁掉他的身体。

他抓着墙壁踉踉跄跄向前移动，花很长时间才移到门口。时间单位也好测算方法也好都无从知晓。反正是很长时间。劈头盖脑的痛苦总量

————

　　将其作为实感告诉了他。尽管如此，他还是在移动时间里一个个掌握了关节和筋肉的运用方法。虽然速度仍迟迟不得增进，动作也别别扭扭，还需要支撑，但作为身体行动不便之人，或许总算可以应付了。

　　他手握把手，往里一拉。门扇岿然不动。推也不成。之后往右转了转。门带着轻微的吱扭声往内侧打开。没有上锁。他把脸从门缝间往外探出一点点。走廊空无人影，四周鸦雀无声，如深海的底。他先把左腿踏进走廊，依然单手抓着门边将半边身子移出门外。而后将右腿迈进走廊，紧紧手扶墙壁，一步一挪地光脚在走廊里移动。

　　包括他出来的房间，走廊里共有四扇门。样子相仿的深色木门。门内什么样呢？什么人住在那里呢？他恨不得开门往里看个究竟。那样，他置身其中的莫名其妙的状况也有可能水落石出。或者发现线索的端头也不一定。但他蹑手蹑脚从那些房间门前直接走了过去。较之好奇心，当务之急是填满空腹。体内那乎然安营扎寨的气势汹汹的空洞，必须争分夺秒用实实在在的东西填满才行。

　　去哪里才能把实实在在的东西弄到手呢？萨姆沙现在心中有数了。

　　循味而去，他一边抽动鼻腔一边心想。暖融融的饭菜味儿！做好的饭菜味儿成为细微的粒子在空气中无声无息地飘浮而来。粒子疯狂地刺激鼻腔黏膜。嗅觉信息一瞬间被送入大脑。其结果，活生生的预感和急切切的渴望如见怪不怪的异端审讯官一般将消化器官拧得零零碎碎。口中满是口水。

　　问题是，若循味而去，必须先下楼梯。对他来说，连平地行走都远非易事。而连下一共十七阶陡峭的楼梯，简直无异于噩梦。他双手紧抓护栏，向楼下移动。每下一阶，体重都压在细细的脚腕上，很难保持身体平衡，几次险些跌落下去。每次采取不自然的姿势，全身骨肉都大放悲鸣。

下楼梯时间里，萨姆沙基本都在思考鱼和向日葵。若是鱼和向日葵，就不至于上下这样的楼梯，安安稳稳度过一生。而自己却非得从事这不自然的、危机四伏的作业不可，这是为什么呢？解释不通。

好歹下完十七阶楼梯，萨姆沙重新站直，拼出剩余力气，转向饭菜味儿飘来的方向。穿过天花板高悬的门口大厅，从敞开的门扇踏入餐厅。餐厅椭圆形的大餐桌上摆着食品盘，餐桌旁放有五把椅子，不见人影。盘子还微微冒着白色的热气。餐桌正中放一个玻璃花瓶，插着十几支白百合花。桌面摆有四人份的刀叉和白餐巾，没有动过的痕迹。早餐准备妥当，正要开吃的时候，突然发生了始料未及的事，大家站起径自去哪里不见了——便是这样的气氛留了下来。事情发生还为时不久。

到底发生了什么呢？人们去哪里了呢？或者被带去哪里了呢？他们还会返回这里吃早餐吗？

但萨姆沙来不及围绕这些想来想去了。他扑倒一般坐在眼前的椅子上，刀也好勺也好叉也好餐巾也好统统不用，直接用手连连抓食桌面上摆的食物。面包没抹黄油也没抹果酱，直接掰开塞进嘴里。煮好的香肠整条放入口中，煮鸡蛋壳也没剥就急不可耐地一口咬下，醋腌的青菜一把把抓来，温乎乎的土豆泥用指头剜起。种种样样的东西一股脑儿在口中咀嚼，嚼剩下的用水壶里的水冲进喉咙。至于什么味儿根本顾不得了。香也罢不香也罢辣也罢酸也罢，全都没了区别。总之当务之急是填满体内空白。他吃得如醉如痴，简直像跟时间赛跑一般。舔食手上粘的东西时，差点儿连指头一下子咬掉。食物残渣哗哗啦啦洒满桌面，一个大盘子掉在地板摔得粉身碎骨。对此他全然没有介意。

餐桌变得惨不忍睹。就好像一大群乌鸦从大敞四开的窗口飞扑进来，争先恐后把那里的东西啄食得一塌糊涂，而后就势飞去了哪里。当他大吃特吃后好歹喘过一口气时，桌上的东西几乎荡然无存。没有动过的差不多只有花瓶里的百合花。假如食物未准备得如此充分，没准百合花都可能无由幸免。萨姆沙便是如此饥肠辘辘。

往下好大一阵子，萨姆沙坐在桌旁椅子上不动，陷入恍惚状态之中。他双手放在桌面，肩头一上一下喘息，用半闭的眼睛看着桌中间放的白色百合花。一股充实感缓缓涌来，如同潮水涨到岸边。感觉上体内空洞被一点点填埋，真空领域正在缩小。

接下去，他拿起金属水壶，往白瓷杯倒入咖啡。咖啡直冲鼻孔的强烈香味使他想起什么。并非直接性记忆，仅仅是钻过若干阶段的间接性记忆——那里有一种奇妙的时间双重性，将现在经历的事作为记忆从未来加以窥视。仿佛经验与记忆在封闭的循环器中往来循环。他往咖啡里放入足够的牛奶，用手指搅拌着喝了一口。咖啡已开始冷却，但仍带有微弱的温煦。他含在嘴里，略一停顿，然后小心翼翼一点点送入喉咙。

咖啡使得他的亢奋多少平复下来。

再往下，他忽然感到冷。身体一下下急剧颤抖。想必刚才由于空腹感太强烈了，以致没有闲心注意到其他身体感觉。及至空腹终于填满，蓦然回神，早晨的空气已经砭人肌肤了。炉子的火也消失变凉。何况他光着脚，赤身裸体。

需要把什么裹在身上，萨姆沙认识到。如此下去未免太冷了。再说这副模样走到人前，很难说多么合适。说不定什么时候有人出现在门口。时间往前推一点儿还在这里的人——正要吃饭的人们——没准很快转回。那时自己若还这德性，有可能闹出什么问题。

原因不知道，但他心里清楚。不是推测，不是知识，纯属认识。至于那一认识是经过怎样的途径从何而来，萨姆沙无由得知。估计那也是循环记忆的一部分。

萨姆沙站起身，走出餐厅来到门厅。尽管仍相当别扭且花费时间，但他现在毕竟不扶着什么也能大体以两条腿行走了。门厅有一个铁伞架，里面连同几把太阳伞插着几支手杖。他选一支黑色橡木手杖拿在手里，决定用作行走辅助工具。手杖坚实的握感，给他以镇定和鼓励。说不定被鸟袭击时可以作为武器使用。然后，他站在窗前，从白窗帘的缝隙打量片刻外面的情形。

房子前面是路。不是那么宽的路。几乎无人通过，异常空旷。偶尔急步通过的人，全都紧紧裹着衣服，五颜六色，五花八门。差不多全是男人，女人也就一两个。男女衣着有别。脚上都穿着硬皮革制作的鞋。

有人脚上是擦得锃亮的长筒靴。鞋底在鹅卵石路面"咔咔"发出又急又硬的声响。所有人都戴着帽子。谁都理所当然地用两条腿行走，谁都不把生殖器露在外面。萨姆沙站在门厅安的一人高大的衣镜前面，对比看着通行的他们和自身模样。镜中的他看上去是那么寒伧瘦弱。肚皮滴有肉汁和酱汁，阴毛上如棉絮一般粘着面包渣。他用手拍掉那种脏物。

身上需要穿衣，他再次想道。

之后重新打量街道，寻找鸟们的姿影。那里一只鸟也没找见。

一楼有门厅、餐厅、客厅。但仿佛衣服的东西哪里都找不见。大概一楼不是人们换衣服的场所。衣服应该集中放在二楼某个地方。

他决心爬回楼梯。意外的是，上楼比下楼容易得多。他抓着护栏，基本没感觉出恐惧和痛苦。虽说中间随处喘息来着，但毕竟得以用较短时间爬完了十七阶楼梯。

幸运的是——应该说是幸运——哪扇门都没有上锁。他向右转动把手一推，门当即朝内侧闪开。二楼房间共有四个。除了他醒来的空空荡荡的寒冷房间，哪个房间都舒舒服服整整齐齐。有放着干净卧具的床，有柜，有写字台，有灯。还铺有花纹复杂的地毯。一切井井有条，打扫得干干净净。书架整齐排列着书，墙壁挂着镶进画框的风景油画。哪一幅画的都是有白色悬崖峭壁的海岸。点心形状的白云浮在湛蓝的天空。玻璃花瓶插着色彩艳丽的鲜花。窗口也有的好像被结结实实的木板封住了。满含爱意的阳光从拉开花边窗帘的窗口静静地照射进来。每张床上都有不久前有人睡过的痕迹。白色的大枕头还有凹坑留下来。

他在最大房间的立柜里发现大小适合他身体的睡袍。看来这东西总可以遮身蔽体。而其他衣服怎么穿好、要怎么搭配，那太复杂了，摸不着头脑。一来钮扣过多，二来前后上下的区别搞不清楚。上衣和下衣的差异也弄不明白。事关衣服，必须学习的东西实在太多。相比之下，睡袍简单得多，实用得多，没有装饰性要素，即使他，也似乎穿得来。那是用轻柔布料做的，对皮肤好。颜色是深蓝色。似乎与之配套的同一色调的拖鞋也找到了。

他把睡袍披在裸体上。几次尝试几次失败，终于把腰带系在身体前面。他穿着睡袍、穿着拖鞋站在大衣镜前。起码比一丝不挂走来走去不知好多少倍。若再仔细观察周围人如何穿戴，想必普通衣服的正确穿法也会慢慢了然于心。在那之前只能用这睡袍凑合了。虽然很难说有多么暖和，但只要待在这房子里，寒冷总可以在某种程度上对付过去。无论如何，自己裸露在外的柔软肌肤不再完全暴露给鸟们这点，已让萨姆沙放下心来。

铃响时，他正在最宽敞的卧室的床上（床也是这座房子里最大的）蒙着被昏昏打盹。羽绒被中煦暖如春，简直像钻进蛋壳里一样舒心惬意。他做了个梦。什么梦记不起来了。反正是给人以好感的一个开心梦。不料这时门厅的门铃响彻楼上楼下。铃声一脚踢飞美梦，将萨姆沙拖回冰冷冷的现实。

他下床系好睡袍系带，穿上深蓝色拖鞋，拿过黑漆手杖，抓着护栏慢慢下楼。下楼梯也比刚才容易许多。不过跌落楼梯的危险并未改变。马虎不得。他一阶一阶小心确认脚下往楼下移动。这时间里门铃也不间断地以刺耳的大音量响个不停。按铃的人有可能是个性急而又执拗的人。

终于下完楼梯。他左手紧握手杖，打开门厅的门——将把手往右旋转朝里一拉，门扇开了。

门外站一个小个头女子，很小很小，手勉强够到门铃按钮。可是细看之下，女子绝不是个头小，而是脊背弯曲，身体深度前倾。所以看上去小。但个头本身并不小。女子用橡皮筋把头发在脑后束成一束，使之不至于垂到脸上。头发呈深栗色，量也相当丰盈。裙裾足够长，掩住踝骨。上身穿的是皱皱巴巴的花格呢上衣。脖子一圈圈缠着条纹棉质围巾。帽子没戴，鞋是结结实实的编织鞋。年龄大约二十出头，还留有少女面影。眼睛大，鼻子小，嘴唇如细瘦的月牙约略向一方倾斜。眉毛又黑又直，总好像疑心重重。

"是萨姆沙先生府上吧？"女子歪起脖子，从下面仰视萨姆沙。身体左一下右一下大幅度扭动个不停，仿佛在强烈地震中挣扎的大地。

萨姆沙略一迟疑，断然回答："是的。"既然自己是格里高尔·萨姆沙，那么这座房子恐怕就是萨姆沙的家。这么回答应不碍事。

但是，女子对他的回答好像不尽如意。她稍微蹙起眉头——想必从萨姆沙回答中听出一丝困惑。

"这里果真是萨姆沙先生府上吗？"女孩语气尖利起来，一如经多见广的守门人质问衣着寒碜的外来者。

"我是格里高尔·萨姆沙。"萨姆沙尽可能冷静地回答。这是千真万确的事实。

"那好。"说罢,女孩吃力地提起脚下放着的黑色大布包。大概用好多年了,到处磨损得厉害。估计是从谁手里继承下来的。"那么,就看一下好了。"

女子没等回答就三步并作两步走进房间。萨姆沙关上门。女子站在那里,满目狐疑地上下一眼眼打量一身睡袍和脚穿拖鞋的萨姆沙。以冷冷的声音说道:"看样子您正睡觉的时候把您叫醒了。"

"不,这无所谓。"萨姆沙说。随即从对方不悦的眼神中觉出自己身上的衣服乃是同当下状况不相适合的物件。

"这样子是很抱歉,可是有一言难尽的缘由。"他说。

女子没有就此表示什么,嘴唇紧紧闭成一条直线。"那么?"

"那么?"萨姆沙问。

"那么,出问题的门锁在哪里?"

"门锁?"

"坏了的门锁。"女孩一开始就已放弃掩饰焦躁语声的努力。"说门锁坏了,让我来修锁……"

"啊。"萨姆沙说,"你是说坏了的门锁?"

萨姆沙拼命转动脑筋。可是一旦把注意力集中到一点,感觉上脑海深处就又有黑蚊群腾起。

"关于门锁，我可是什么也没听说。"他说，"不过，我想大概是指二楼门上的哪一个。"

女子眉头紧锁，歪起脖子仰视萨姆沙。"大概？"语声愈发增加了冷淡，一侧眉毛猛然向上一扬。"哪一个？"

萨姆沙知道自己脸红了。他为自己在坏锁方面不具有任何知识这点深感羞愧。他干咳一声，但声音没能顺利发出。

"萨姆沙先生，双亲大人现在不在？我觉得还是由我和双亲大人直接面谈为好。"

"眼下好像有事外出了。"萨姆沙说。

"外出？"女孩惊讶地问，"这种正吃紧的时候能有什么事？"

"不清楚。反正早上起来，家里就一个人也没有。"萨姆沙说。

"得得。"女孩长叹一声，"早就跟我交待过了，要我在早上这个时候来府上修锁。"

"对不起。"

女子一时噘起嘴唇。随后缓缓放下扬起的眉毛，盯视萨姆沙左手拿的黑漆手杖。"您腿不好，格里高尔先生？"

"嗯，多多少少。"萨姆沙含糊其词。

女子仍以弓身姿势再次大幅度扭动几下身体。至于那动作意味什么，以什么为目的，萨姆沙无从判断。但对她复杂的身体动作，他不能不感到本能的好意。

女子泄气似的说："没办法啊！那么，反正看一下二楼那个门锁吧。

这么兵荒马乱当中特意穿街过桥赶来这里，命都几乎顾不上了。总不能什么也不做，说完'是吗？不在家？那么再见！'就转身回走。是这样的吧？"

兵荒马乱？萨姆沙摸不着头绪。到底什么兵荒马乱了呢？但就此他决定什么也不问。还是别主动暴露自己的无知为好。

女孩依然把身体折成两折，右手提起似很沉重的黑包，以宛如爬虫的姿势"吱溜溜"爬上楼梯。萨姆沙手抓护栏，慢慢尾随在后。她走动的样子，在他心中引起一种亲切的共鸣。

女孩站在二楼走廊，扫视四扇门。"门锁坏了的，大概是这四扇门中的哪个吧？"

萨姆沙再次红了脸。"是的，是其中哪一个。"他说。又战战兢兢补充一句："啊，说不定是左侧最里边的，我觉得。"那是萨姆沙今早醒来没有家具四壁萧然的房间的门。

"觉得？"女孩以令人联想起熄掉的薪火般的麻木语声说，"说不定……"她回过头仰视萨姆沙。

"好像是。"萨姆沙应道。

"格里高尔·萨姆沙先生，和您交谈真是开心。语汇丰富，表达精确。"她说得相当干脆。而后再次叹息一声，改变语调："也罢。反正先看看左侧最里边的门好了。"

女孩走到那扇门前，转动把手，随即往里一推。门朝里侧打开。房间中的情形同他离开时毫无变化。家具仅有床。床安在房间的正中央，孤零零的，一如海潮中的孤岛。床上只有一张很难说多么干净的赤裸的床垫。他就是在那床垫上作为格里高尔·萨姆沙睁眼醒来的。那不是梦。床凉瓦瓦裸露着。窗口牢牢钉着木板。可是，女孩见了这情形也没现出惊诧的神色，仿佛说这样子在这城里随处可见。

她蹲下打开黑包，从中取出一块奶油色法兰绒，摊在地板上。又选出几样工具，井然有序地摆在法兰绒上。犹如训练有素的拷问官在可怜的牺牲者面前认真准备带有杀气的刑具。

她首先拿起一根不粗不细的铁丝插进锁孔，以熟练的手势朝各个方向捅来捅去。这当中她的眼睛陡然眯细，变得聚精会神。耳朵也注意倾听。接着拿起比刚才细不少的铁丝，重复同样动作。之后兴味索然地把嘴唇扭成中国刀一般遒劲而冷静的形状，将一支大手电筒拿在手里，以更加严厉的目光检查门锁的细部。

"嗳，这锁可有钥匙？"女孩问萨姆沙。

"钥匙在哪里，我不知道。"他老实回答。

"啊，格里高尔·萨姆沙先生，我时不时想一死了之。"女孩对着天花板说。

不过，她没再表现出对萨姆沙更多的兴趣，她从法兰绒上排列的工具中拿起螺丝刀，开始拆门锁本身。动作缓慢而小心，以免损伤螺丝。这当中她几次停手歇息，一下下使劲扭动身体。

从背后观察其扭动姿势时间里，萨姆沙身上开始发生不可思议的反应。身体不知从哪里一点点变热，感觉上鼻腔正在张开。口中发干，吞口水时耳边"轰隆"响起很大的声音。耳垂莫名其妙地发痒。还有，一直软塌塌下垂的生殖器变得硬挺挺紧绷绷的，又粗又长，渐渐翘起。这么着，睡袍前面鼓胀胀隆起。至于这意味着什么，萨姆沙全然不解。

女孩拿着从门上拆下的整套锁走到窗边，在木板缝隙溢出的阳光中仔细查看。她满脸不悦，扭歪的嘴唇紧紧闭起，时而用细铁丝往锁里戳动，时而用力摇晃确认声响。而后耸耸肩大大喘了口气，回过头看萨姆沙。

"里边彻底坏了啊！"女孩说，"的确，萨姆沙先生，的确如你所说，这东西完蛋了。"

"完蛋了好！"萨姆沙说。

"谈不上多好。"女孩说，"在这里马上修不好，锁的种类有点儿特殊。只能拿回家让我父亲或哥哥看看。若是他们，有可能修好。但我无能为力。我只是见习工，只能修普通锁。"

"原来是这样。"萨姆沙说。这个女孩有父亲和几个哥哥，而且全家都是锁匠。

"本来该由我父亲或哪个哥哥来这里的。可是，喏，你也知道，一下子出了乱子。所以，作为替代我被打发来了。毕竟全城到处是检查站。"

说罢，她用整个身子叹了口气。

"这么离奇的破坏方式是怎么做到的呢？谁干的不晓得，但只能认为是用什么特殊器具把锁头内部搞坏了。"

女孩再次一下下用力扭动身体。她一扭身体，双臂就好像以特殊姿势游泳的人那样一圈圈立体旋转。不知何故，这一动作吸引和强烈摇撼着他的心。

"有个问题问一下可以吗?"萨姆沙一咬牙向女孩问道。

"问题?"女孩以充满怀疑的目光反问。"问什么我不晓得，问问看。"

"那么时不时扭动身体，那是为什么呢?"

女孩微微张嘴看着萨姆沙。"扭动?"她就此思索片刻。"指这个?"女孩一下下实际扭动着给他看。

"是的。"萨姆沙说。

女孩用一对石子般的眼睛盯视萨姆沙好一阵子。然后似乎兴味索然地说:"胸罩和身体不吻合。如此而已。"

"胸罩?"萨姆沙问。这个词同他具有的任何记忆都对不上号。

"胸罩。知道的吧?"女孩不屑似的说。"还是说你认为佝偻女人戴胸罩莫名其妙? 比如说厚脸皮什么的?"

"佝偻?"这个单词也被他意识中渺茫的空白领域吸了进去。她在说什么呢? 萨姆沙完全理解不了。但总得说点什么。

"不不，我根本没那么想。"他小声辩解。

"跟你说，我也是好端端长着两个乳房的，也需要用胸罩好好托住。又不是母牛，我可不想走路时摇摇颤颤的。"

"那当然。"萨姆沙附和道，尽管还是理解不好。

"但因为是这种体形，所以不能和身体紧紧贴在一起。毕竟和一般女人的体形多少有所不同。这样，就得时不时这么扭动几下身体来调整位置。作为女人活下去，比你想的难熬得多，这个那个的。从后边左一眼右一眼看这个，可觉得好玩？有意思？"

"哪里，谈不上有意思。只是忽然觉得奇怪——为什么总那样呢？"

胸罩是托乳房的用具，佝偻是指她独特的体形，萨姆沙这么推测。关于这个世界，要学的东西实在数不胜数。

"我说，你怕是在拿人开心吧？"女孩说。

"我没拿人开心。"

女孩歪起脖子，看着萨姆沙，得知他绝对没有拿自己开心。恶意也好像没有。估计是智商没有顺利启动，她想。但教养似乎不差，而且一表人材。年龄三十上下。无论怎么看都身体过瘦，耳朵过大。气色也不好，但彬彬有礼。

接下去，她发现萨姆沙身穿睡袍的小腹那里以几乎直上直下的角度向上鼓起。

"什么呀，那是？"女孩语声变得分外冷淡，"到底是什么，那个鼓包？"

萨姆沙低头注视睡袍前面胀鼓鼓隆起的部位。根据对方的语气，他推测这大概是不适于出现在人前的现象。

"原来是这样啊，你怕是对同佝偻女孩性交是怎么回事这点有兴致吧?"女孩厌恶似的说。

"性交?"这个单词也让他感到陌生。

"因为佝偻向前弯,所以你以为从后面插入再合适不过,对吧?"女孩说,"如此想入非非的家伙,世间是有不少的。而且,那种家伙全都以为我会让他们轻易得逞。不过么,很不巧,事情没那么简单。"

"我可是不大明白,"萨姆沙说,"如果让你产生不愉快的心情,那很对不起,我道歉。请你原谅。并没有什么恶意的。病了一段时间,好多好多事情还弄不明白。"

女孩再次叹了口气。"啊,算了,晓得了。"她说,"你嘛,脑袋有点儿迟钝,可鸡鸡却生龙活虎。没办法啊!"

"对不起。"萨姆沙道歉。

"可以了,算了。"女孩无奈地说。"我家有四个不争气的哥哥,那名堂从小就看得多了,看够了。恶作剧让我看的。品行不端的家伙们!所以,说习惯也习惯了。"

女孩蹲在地板上把摆在那里的工具一个个收起,把坏了的门锁用奶油色法兰绒包好,连同工具一起小心收进黑包。然后手提黑包立起。

"门锁带回家去。请你这么讲给双亲大人。或在家修好,或彻底换新。别无他法。不过,新锁弄到手怕是要花些时间的。双亲大人回来,就这样告诉一声。明白了? 能好好记住?"

萨姆沙说能记住。

女孩在前头慢慢下楼。萨姆沙一步一挪跟在后面。下楼当中的两人

姿势恰成鲜明对比。一人近乎四肢着地，一人身体不自然地后仰。然而
两人大体以同样速度往楼下走去。这当中萨姆沙也尽可能努力消除"鼓
包"，但那东西死活不肯恢复原状。尤其从背后看她行走的样子，他的
心脏发出又干又硬的声响。从那里汹涌而来的新鲜的热血，不屈不挠地
维持他的"鼓包"。

"刚才也说了，本应由我父亲或哪个哥哥来这里才是。"女孩在门口
说，"问题是大街小巷全是拿枪的士兵，到处都有大大的坦克严阵以待。
特别是，所有桥头都设了检查站，很多人被带去哪里。所以，家里的男
人不能外出。一旦被发现带走，就不晓得什么时候能回来。危险得不得
了。这才由我跑来。一个人穿过布拉格城。我嘛，谁都不会在意的吧！
即使我这样的人偶尔也是能派上用场的。"

"坦克？"萨姆沙怔怔重复道。

"很多很多坦克，上面有大炮和机关枪的家伙。"说到这里，女孩用
手指着萨姆沙的鼓包，"你的大炮倒也够神气活现的，但那家伙比你的
还要大还要硬还要凶暴。但愿你的家人全都平安回来。照实说，你怕也
不晓得的吧？"

萨姆沙摇头。去哪里了都不知道。

"还能见到你吗？"萨姆沙鼓足勇气问。

女孩缓缓歪起脖子，不无疑惑地向上看着萨姆沙。"你、还想见
我的？"

"嗯，还想见你一次。"

"鸡鸡还那么翘着?"

萨姆沙目光再次回到那个鼓包。"倒是解释不好,可我觉得这东西和我的心情没有关系。估计是我的心脏问题。"

"嘀,"女孩赞叹似的说,"心脏问题? 妙趣横生的见解。这可是头一次听说。"

"因为我对它全然奈何不得。"

"你是说跟性交无关?"

"没考虑性交。真的。"

"鸡鸡那么硬那么大,仅仅是心脏问题,和考虑性交无关——你想说的是这个意思吧?"

萨姆沙点头。

"能向神明发誓?"女孩问。

"神明。"萨姆沙说。对这个单词他也无动于衷。他就这样沉默良久。

女孩有气无力地摇头。并且再次一下下立体式扭了扭身子,调整胸罩位置。"啊,算了,不说神明了。神明肯定几天前离开布拉格了。想必有什么要紧的事。所以忘掉神明好了。"

"还能见到你吗?"萨姆沙重复一句。

女孩扬起一侧眉毛,脸上浮现出仿佛注视云雾迷蒙的远方风景的表情。

"你是说你还想见我?"

萨姆沙默然。

"见我又怎么着？"

"想两个人好好说话。"

"比如说什么话？"女孩问。

"种种样样的话，许许多多的话。"

"光是说？"

"有许多想问你的事。"萨姆沙说。

"关于什么的？"

"关于世界结构，关于你，关于我。"

女孩就此思考片刻。"不仅仅是想把那个插进那里？不是那么回事？"

"不是那么回事。"萨姆沙斩钉截铁。"只是觉得我和你好像有很多非说不可的话。关于坦克，关于神明，关于胸罩，关于锁。"

深深的沉默一时降临两人中间。某人拖着板车那样的东西从房前通过的声音传来耳畔。一种令人窒息般的、凶多吉少的声音。

"不过，是不是呢？"女孩慢慢摇晃脖子说。但语声不像刚才那么冷淡了。"对我来说，你长得过好。即使双亲大人，怕也不欢迎自己的宝贝儿子跟我这样的女孩交往。何况，眼下这城里满是外国坦克。谁都不晓得往下会怎么样，会发生什么。"

往下会怎么样，那种事萨姆沙当然也不知道。将来的事自不用说，即使现在的事、过去的事，他都几乎无法理解。就连衣服的穿法都不懂。

"反正过几天我想我还会顺路来这里。"女孩说，"拿门锁过来。如果修好了，就把这个拿来；如果没修好，就原物奉还。再说上门费也必须收的。那时你若是在这儿，应该还会见到。至于能不能慢慢说世界的结构，那倒是不清楚。但不管怎样，在双亲大人面前，最好把那个鼓包掩饰一下。在普通人世界里，把那东西气势汹汹暴露在人前并不是值得赞赏的行为。"

萨姆沙点头。怎么样才能使那东西避人耳目固然心中无数，但事后考虑不迟。

"可也真是怪事。"女孩一副深思熟虑的语气，"当世界本身都这么快要土崩瓦解的时候，却有人为一把坏了的门锁费心思，认认真真地前来维修。想来真是够离奇的。不这样认为？不过嘛，这也没什么不好，说不定这意外属于正解。即使世界即将分崩离析，也还是应该孜孜矻矻老老实实维护事物的这种细小的存在方式——或许只有这样，人才能勉强保持正常意识。"

女孩再次大大歪起脖子，盯视萨姆沙的脸。一侧眉毛陡然扬起。而后开口道："对了，也许我爱管闲事，二楼那个房间以前到底做什么用来着？一件家具也没放的房间上这么坚不可摧的锁。而锁又坏了——府上双亲大人对坏了的锁为什么这么在意？还有，窗口为什么用钉子钉着那么牢固的木板？莫非那里关着什么，是这样的吧？"

萨姆沙默不作声。假如有谁、有什么被关在那房间里，那么除了自己别无他人。可自己为什么非被关在那房间里不可呢?

"啊,这种事问你怕也白问。"女孩说,"差不多我该回去了。回去晚了,家里的人要担心的。他们正在为我祈祷,祈祷我平安穿过城区,祈祷士兵们放过可怜的佝偻女孩,祈祷那些家伙里边没有喜欢变态性交的家伙。毕竟被迫性交光是这条街上就已足够多了。"

我也祈祷,萨姆沙说。尽管他理解不好变态性交和祈祷是怎么回事。

随后,女孩以脊背对折的姿势提起似乎很重的黑布包,走出门厅的门。

"还能见到你吗?"萨姆沙最后又问一次。

"如果一直想见谁,迟早肯定见得到。"女孩说。这回语声里多少带有温柔意味。

"当心鸟们!"格里高尔·萨姆沙对着女孩弯曲的后背叮嘱道。

女孩回首点头。朝一侧扭歪的嘴唇看上去甚至漾出一丝微笑。

萨姆沙从窗帘缝隙看着,看着修锁女孩深深弯着身子沿鹅卵石路面越走越远。她走路的动作乍看有些别扭,但速度很快,毫无停顿。在萨姆沙眼里,那一举一动是那般富于魅力,简直就像豉母虫"吱溜溜"掠过水面。那走法,无论怎么看都比用两腿踉跄而行自然得多、合理得多。

女孩消失后不久,他的生殖器重新变软变小。一时急剧的鼓胀不觉之间无影无踪。此刻正在胯间无忧无虑乖乖下垂，一如无辜的水果。一对睾丸也在小袋中悠然歇息。他系好睡袍系带，在餐厅椅子弓身坐下，喝着所剩无几的变凉的咖啡。

原来在这里的人去了哪里。是些怎样的人不知道，想必是相当于他家人的人吧。他们因为某种缘由突然离此而去。而且有可能再不返回。世界开始土崩瓦解——这意味什么呢？格里高尔不清不楚，猜测都无从谈起。外国士兵、检查站、坦克……一切都是谜。

他所清楚的，惟独自己的心渴望再次见到那个佝偻女孩。非常想。想两人面对面开怀畅谈，想两人一点一点解开这个世界之谜。想从各个角度看她一下下立体式扭动身体调整胸罩的动作。如果可能，想用手触摸女孩身体所有部位，想用指尖感受她的肌肤、她的体温。并且想两人肩并肩在全世界各种各样的楼梯爬上爬下。

每当想起她、想起她那样子，萨姆沙胸口深处都涌起一丝暖意。并且庆幸自己不是鱼不是向日葵。用两腿走路、穿衣服、用刀叉吃东西的确是一大麻烦事。这个世界上必须记住的事也实在太多。可是，如果自己不是人而成为鱼或向日葵，那么恐怕就不能感受到这不可思议的心的温煦，他觉得。

萨姆沙在那里久久闭目合眼。像烤火一样独自静静体味那温煦。而后毅然立起，抓起黑漆手杖朝楼梯走去。他要重新上楼，设法学会衣服的正确穿法。这是当务之急。

这个世界等待他去学习。

没
有
女
人
的
男
人
们

毛
丹
青

译

半夜一点刚过，我就被吵醒了。深夜的电话铃声很闹心，听上去好像有人气势汹汹地用粗暴的工具要砸破这个世界。作为人类的一名成员，我非要上前阻止这种行径不可，于是，下床走到客厅，拿起了听筒。

这是一个男人的声音，他用低沉的声音告诉我，一个女人已经从这个世界上永远消逝了，说这话的人是她的丈夫，至少他是这么说的，又说他的妻子是上周三自杀的。他说这件事情无论如何都非得告诉我不可，这一句"无论如何"的语气，给我听上去的感觉，似乎没有一丝一毫的感情，犹如为了发电报而码出的文字一样，话与话之间几乎不留白，完全像一则通知，没有任何修饰，就划了句号。

对此，我说了什么呢？我肯定是说了什么的，现在却想不起来了。不管怎样，反正在那之后，有过一段沉默，两个人好似各从路的两端，往路中深邃的洞窟窥视一样，谁也不说什么，就这样把电话悄悄挂了，就像把易损的美术品轻轻地放在地板上。随后，我站在原地没动，无意义地用手握着听筒。白色的 T 恤衫下，还穿了一条蓝色的拳击短裤。

我不知道他为什么会知道我，难道是她把我的名字当作"过去的恋人"告诉了她的丈夫？为了什么呢？那他又是怎么找到我家的电话号码的？电话本上并没有记录呀！这通知为什么偏偏找到我？为什么她丈夫偏偏要给我打电话！非要告诉我她已经死了？我觉得她生前在遗书上不会这么嘱咐的，我跟她的相处已是很遥远的事了，自我们分手后，一次面都没见过，连电话也没打过。

　　其实，这也无所谓，问题是他什么都没有跟我说明，他只是告诉我他的妻子自杀了，也不知他是从何处弄到我家的电话号码的，并以为没必要为我提供更多的信息。他的意图似乎是让我居于知道与不知道之间，这究竟是为了什么？难道是为了让我想起什么吗？

　　这会是什么样的事情呢？真弄不明白，只是心中的问号一个个在增多，就像小孩儿在笔记本上随手按下一个个的橡皮印。

　　这么想下来，她为什么自杀呢？究竟选择了什么方法绝命的呢？实际上，我至今也不具有这方面的知识，即使想调查，也不知从何着手？我并不知道她住哪里？其实，我连她结婚都不知道，当然，也不知道她新的姓。（那个男的在电话里没说名字）结婚又有多久了？有没有孩子（们）？

　　不过，我还是原封不动地接受了她丈夫所说的事实，丝毫没起疑心。她跟我分手后，仍然活在这个世界上，跟谁（多半）恋爱，与对方结婚，尔后，在上周三由于某种理由，决然以某种方式断送了自己的生命。不管怎么说，在他的声音里，的确有一种东西与死者的世界深深相拥。在寂静的夜晚，我亲耳听到那活生生的倾诉，感受到那一生相系的弦被绷得紧紧的，也看到了它刺眼的闪耀。从这层意义上说——先不管这是有意还是无意的——半夜一点刚过，他打来电话是对的。假如是中午一点的话，大概不会有这种感觉。

　　我终于把听筒放好，回到床上时，妻子醒了。

　　妻子问："什么电话？谁死了？"

"谁也没死,是个打错了的电话。"我以十分困倦的,并以拖长间隔的声音答复了她。当然,她才不信呢,因为在我的声音里隐含着对逝者悼念的迹象,要知道刚刚得知一个人过世的消息,带来的震撼是有强烈的感染力的,不知不觉地在答话中会有细微的颤抖,传在电话线上,变为语言的回响,让外界都与之同时共鸣。不过,妻子没再说什么,我们在黑暗中躺下来,在寂静中细心倾听对方的心声,各怀各的心思。

她,对我来说,是相处的女友中第三个选择自杀的人。虽然这不用一个个地去追究,但这已是很高的致死率了。其实我并没有跟很多女性交往过,令我难以置信的是,她们是那么年轻,为什么这样接二连三地断送自己的生命呢?难道是非要断送不可?!我完全不能理解!反正不是因为我的原因,不是因为我的参与就好,或者她们并没把我设想成目击者和记录者就好,我内心里就是这么想的。

这让我说什么是好呢?她——第三位的她(没名字不方便,专此暂且叫她 M)——无论怎么揣度,她都不是容易自杀型的人。因为 M 一直是被世界上倔强的水手们守护的女人。

M 是个怎样的女性?我们是在何处相识的?做了什么?关于这些,无法详述。对不起,如果要把事情全讲清楚了,在现实中就会引起许多麻烦,大概会给周围(还)活着的人带来麻烦。所以,作为我,在此只能这么写,在很久以前我跟她有过一段非常亲密的时期,但在某个时间段,因故与她分手了。

说实话，M是我在十四岁的时候相识的女性。即使实际上不是这样，但至少在此可以假定成这样。我们是十四岁时在中学教室里相识的，确确实实是在上生物课的时候。不是在学习菊石，就是矛尾鱼的课程，反正都是那些内容。她坐在我旁边的座位上。我说："忘了带橡皮，你要是有多余的，能借给我吗？"她听罢，就把自己的橡皮切成两块，给了我一块，还冲我笑笑。就这么一瞬间，我爱上了她，她是我当时所见过的女孩儿当中最漂亮的一个，我就是这么认为的。我想这就是 M 之于我的存在，我们就是这样在中学的教室里初次相识了。管它什么菊石，还是矛尾鱼的课程，有关这类东西统统成为强大的中介，悄悄地连接了我们，现在想来，很多事情都是自然而然发生，是令人信服的。

我十四岁，就像刚被打造出来似的，很健康，当然，每当温暖的西风吹来的时候，就会勃起。无论怎么说，正是这个青春萌动的年龄。不过，她并没让我勃起，因为她凌驾了所有的西风，而且很轻松。不对！不单单是西风，她很精彩，精彩到能把从所有角度吹来的风都打消掉，只留下她这一风向。在如此完美的少女面前，我的方寸已乱，甚至是不干净的，怎么能勃起呢？能让我生来第一次拥有如此心情的女子，她是第一个。

我感觉这是我与 M 的初次相识，实际上也许不是这样，但只要我这么想了，总觉得事物的主体就衔接起来了。我十四岁，她也十四岁，这正是情窦初开、邂逅相逢的年龄，对我俩来说确是动了真情，而且坚信真应该这样相识。

可是，后来的 M，不知不觉地消失了，到底去了哪儿呢？我看丢了
M，也不知为何。趁我有点儿走神的时候，她已离去，并消失在了某个
地方。似乎刚才还在那里，可当我发觉的时候，她已经不在了，或许在
哪儿受到狡猾的小水手的搭讪，带到了马赛，或者象牙海岸之类的地
方。我的失望比他们横渡的大海还深，比任何大乌贼、海龙藏身的大海
还要深。我甚至非常讨厌自己，对什么都不敢相信。这算怎么回事！
我曾经那么爱过 M，那么珍惜她，那么需要她，可我为什么会走神，忽
视了她呢？但是，这事反过来说，自从那以后，M 对我又无所不在，随
处可见。她隐含在各种场所里，各种时间段和各种人当中，这只有我知
道。我把那一半橡皮放在塑料袋里，一直带在身边，小心翼翼，如同护
身符一样，又像是测试角度的圆规，只要口袋里有了它们，无论走向世
界的何方，迟早都能找到 M，我就有这样的自信！她只是被混世水手的
花言巧语骗了，被拖上了一条远航的大船，带到遥远的地方，因为她是
一个容易轻信他人的人，一个毫不犹豫地把新橡皮一分为二，并把另一
半送给别人的人。

我从很多地方，也从很多人那里企图找到她的碎片，当然，这也不
仅仅是碎片。无论收集多少，碎片还是碎片。她在我的心目中总像海市
蜃楼一样逃逸，举目所见的是无限的地平线，无边无沿地延伸，为此我
疲于奔命地追赶，一直不停地移动。追赶到孟买、开普敦、雷克雅未
克，还有巴拿马。找遍了所有的港口城市，可当我找到那里时，她却隐
藏起来了。凌乱的床头还留着一点儿她的体温；她围过的漩涡模样的围

巾还挂在椅子背上；刚刚翻看的书放在桌子上，书页还是打开的；卫生
间里晒着一条半干不干的丝袜，可她人已不在。全世界那些敏捷的水手
们察觉到了我的样子，于是就火速地把她带走，隐蔽了起来。当然，这
时的我已经不是十四岁了。我晒得黑黑的，身体更强壮了，胡子变得浓
浓的，已经开始明白了暗喻与明喻的区别。可是，我的某个部分却没
变，还是十四岁。十四岁的我永远有一部分不变，我强忍着，等待温柔
的西风抚摸我无邪的性器。在那西风吹起的地方必定有 M 的存在。

那就是我的 M!

一个不会安定在一个地方的女性，但也不会断送自己的生命。她不
是那种类型的人。

在此，自己究竟想说什么呢？我自己也不知道，也许正在写一个虚
假的本质。不过，若想写虚假的本质就像与谁到月亮后面约会一样，黑
洞洞的，没有任何标记可识别，而且大而无边。我想说的是 M 在我十
四岁的时候，值得坠入情网的女性，可我爱上她其实是后来的事，那时
的她（虽然遗憾）已经不是十四岁了。我们弄错了相识的时期，就像记
错了约会的日子一样。

然而，在 M 的心中，仍然住着一位十四岁的少女。少女作为一个
总体——绝对不是一个部分——就在她的心中。如果凝神注目的话，我
能偷看到在 M 心中来回晃动的少女身影。跟我在一起的时候，眼见她
在我的怀里变老，又变成了少女。她总是自由来往于人间的时差中。我

喜欢这样的她，在这个时候我会一下子把她紧紧地抱住，让她痛。也许是我用力过猛了，但我非得这样不可，因为我不想把她交给任何人。

当然，我失去她的时刻又到来了，因为全世界的水手们都会盯着她，我一个人守不住。谁都有走神的时候，人必须要睡觉，还必须去洗手间，连浴袍也需要换洗，洋葱要切，四季豆的蒂要掐掉，车轮胎的气压够不够，也要查看，就这样，我们各奔东西了。其实，是她离开了我，她周围确实有水手的身影，那是一个单身的，往大楼墙壁上攀登的，浓密而又自律的影子。浴袍、洋葱和车胎，其实都是隐喻那影子的碎片，就像遍地撒下的图钉一样。

她走了，那个时候，我有多懊恼，坠入了多深的深渊，一定是谁也不知道的。不是，是没理由知道的，连我自己都想不起来。我有多痛苦？让我的胸口有多痛？在这个世界上，要是有一台机器能把人的悲哀测量出来就好了，这样就能把悲哀化为数字留下来。最好这台机器能有手掌这么大，因为我每次检查车胎气的时候，就想起这些事。

结果，她死了！深夜里的一个电话告诉了我。虽然我不知道她死的场所、方法、理由和目的，但 M 自己下这样的决心，且已执行完毕。静悄悄地从这个现实世界（大概）退出了。无论全世界有多少水手，用尽多少花言巧语，都无法从黄泉的深渊中救出 M，哪怕是用上勾引拐骗等不端的方法，也都救不出来了。在夜深人静中，如果你用心倾听，也能听到远方水手们的挽歌。

当我在得知她死讯的同时，只觉得自己也失去了十四岁时的我，就像棒球队永远缺席的一个球衣背部号码一样。十四岁这一部分从我的人生中连根拔起，被带走了，还被塞进了某处坚固的保险柜，上了一把复杂的锁，扔到海里，沉入了海底深渊。从今往后，哪怕是十亿年，保险柜的门也不会打开，只有菊石和矛尾鱼在默默地看守。令人舒服的西风也停息下来了。全世界的水手们发自内心地悼念她，连同那些不喜欢水手的人们一起在哀思。

当我知道 M 去世的时候，我觉得自己是世界上第二孤独的男人。世界上最孤独的男人一定是她的丈夫，我把这个席位让给了他。我不知道他是怎样的一个人，多大岁数，在做什么，或者不做什么，连一点儿信息都没有。我所知道他的事情只有一件，那就是说话的声音很低。不过，尽管知道了他的声音低沉，也不清楚有关他的事情。他是水手吗？还是跟水手作对的人？如果要是后者的话，他算我的同胞之一。如果要是前者的话……我还是同情他的，能为他做点儿什么就好了。

不过，我不应该接近过去女友的丈夫，我既不知道他的名字，也不知道他的住址。他也许已经没有了名字和住址，因为不管怎么说，他是世界上最孤独的男人。我在散步时，经常坐在独角兽的雕像前（我经常散步的几条路也包括了这个有独角兽雕像的公园），一边望着凉飕飕的喷水，一边总是考虑那个男人的事情。世界上最孤独该是个什么样子呢？对此，我只是自己在想象。虽然我能体验到这世界上第二孤独是什么心情，但还不知道世界上最孤独该是什么样子。大概世界上第二孤独与最孤独之间有一条深沟，不仅深，而且宽度很大，大得吓人。试看那些从一端飞往另一端的鸟群的尸骸，往往在沟底堆积成山，因为它们飞不过去，中途坠落了下来。

某一天，你突然变成了没有女人的男人们。这一天的到来，有时连一点点迹象都没有，也没有预感与征兆，没有敲门，没有提醒你的咳嗽，而是唐突地造访你的跟前。一个转角，你知道自己在那里所拥有的东西，但已无法返回。如果一旦拐过弯，那对你来说，就变成了一个只属于你的世界。在这个世界里，你被称为"没有女人的男人们"。无论到哪儿，都是形单只影，冷冰冰的复数形式。

变成没有女人的男人们，到底有多悲伤，心有多痛，这只有没有女人的男人们才能理解。失去了温柔的西风。十四岁永远——十亿年是接近永远的时间——被剥夺了。听到的是远处水手们难过而痛心的歌声。跟菊石和矛尾鱼一起潜伏在昏暗的海底。半夜一点刚过，往谁的家里打电话。半夜一点刚过，有人打来电话，跟不相识的人在知与无知之间任意的中间地带碰面。一边测量车轮胎的气压，一边把眼泪洒在干燥的路上。

我在独角兽雕像前，默默地为他哪一天能恢复过来而祈祷。非常珍重的事情——我们偶然叫它"本质"——虽然不能忘记，但我为他能忘掉周边无关紧要的事实而祈祷。甚至想到自己若能把遗忘这件事也全都忘掉，那该多好！我发自内心地这么想。很了不起吧？因为世界上第二孤独的男人去想世界上最孤独的男子，为他而祈祷。

可是，他为什么特意给我打电话呢？绝对不是对我的非难，只是单纯的报信吧？说起来这也有些缘由，至今我还抱有这一疑问。他为什么知道我？为什么在意我？回答大概很简单。M把我的事情，把我的什么告诉了她的丈夫，能想到的仅此一点。但我想象不到她把我的什么事情告诉了他。作为过去的恋人（特意对她丈夫），在我身上究竟有什么值得一说的价值，有什么意义呢？这跟她的死有重大关系吗？我的存在是不是多少投射了一些阴影在她的自杀上呢？说不定，M告诉了她的丈夫我的性器形状漂亮。她在下午的床上，常常欣赏我的阴茎，就像爱抚印度王冠上镶嵌的一块宝石一样，小心翼翼地放在手掌上。她说："形状真美。"这是不是真的，我不知道。

正是出于这个原因，M的丈夫才给我打的电话吗？为了对我的阴茎表示敬意，在半夜一点刚过。这怎么会呢？根本就没有这回事。另外，我的阴茎怎么看都是个登不了大雅之堂的代用品。说白了，很普通。想起来，M的审美眼光以前就有很多次叫人摇头。反正，她跟别人持有不一样的奇妙的价值观。

大概（我只是猜）她说出了自己在中学教室里把一半橡皮给了我？没有其他意思，更没有恶意，只是作为一个普普通通的小记忆。但不用说，她的丈夫听到这个，产生了嫉妒。哪怕M跟满满的两辆公交车的水手都交往过，但他始终强烈地嫉妒我得到的那半块橡皮。这不很正常吗？两车倔强的水手又算得了什么。M和我都是十四岁，在当时，只要西风一起，我就会勃起，而她把一半橡皮给了我这样的人，这下可不得了了，就像为了龙卷风献出一打老朽的库房一样。

　　自从那以后，每当路过独角兽的雕像前，我总会坐一会儿，思考没有女人的男人们。为什么会在那个场所呢？为什么是独角兽呢？那个独角兽也许是没有女人的男人们的其中一员。这说起来，也是因为我从未见过成双的独角兽。他——绝对是——老是一个人，猛然挺起锐利的角，直指天空。我觉得那就是没有女人的男人们的代表，也许就应该是我所背负的孤独的象征。我们也许应该把这独角兽做成一枚徽章别在胸前和帽子上，然后在全世界的马路上悄悄行进。没有音乐，没有旗帜，没有纸屑。大概（我用"大概"这句话用得太多了，大概）。

　　变成没有女人的男人们是非常简单的事情。深爱一个女人，随后，她消失于某处，这就行了。在很多场合（众所周知），带她走的全是老奸巨猾的水手们。他们用花言巧语骗女人们，什么马赛啦，什么象牙海岸啦，麻利地带她们走掉，我们眼睁睁地看着这些却无能为力。或者她们自毁生命而与水手们断了瓜葛，对此，我们真是无奈，就连水手们也无能为力。

　　不管怎么说，你就这样变成了没有女人的男人们，一闪念的工夫。于是，一旦变成没有女人的男人们，其孤独的色彩就会深深浸染你的身体，犹如滴落在浅色地毯上的红葡萄酒酒渍。无论你有多么丰富的家政学的专业知识，清除那些污点都是困难的活儿。颜色随着时间推移也许会褪色，但那污点恐怕一直到你停止呼吸，终究都会作为污点留存下来。这就拥有了作为污点的资格，有时甚至拥有作为污点的公众发言权。你只能和那颜色缓慢的消褪一起，和那多重意义的轮廓一起终此一生。

在那个世界里，发声的方法不一样，口干的方法不一样，胡子生长的方式也不一样，星巴客店员的接待也不一样，克利福德·布朗(Clifford Brown)❶ 的独奏听上去也不一样，地铁关门的方法也不一样，甚至从表参道走到青山一丁目的距离也完全不一样。即便后来能遇上新的女性，无论她是多么出色的女性（不对，越是出色的女性越会这样），你从那个瞬间起就已开始考虑失去她们。水手们故弄玄虚的影子（希腊语? 爱沙尼亚语? 他加禄语❷?）让你不安。全世界那些异国情调的海港名声让你胆怯。其理由是因为你已经知道了变成没有女人的男人们是怎么回事。你就是那淡色调的波斯地毯，所谓孤独，就是永不滴落的波尔多葡萄酒酒渍。如果孤独是这样从法国运来的，伤痛则是从中东带来的。对于没有女人的男人们来说，世界是广阔而痛切的混合，一如月亮的背面。

我跟 M 相处了大约两年，时间不算长，却是沉重的两年。也可以

---

❶ 克利福德·布朗（1930 年 10 月 30 日—1956 年 6 月 26 日），又名 "布朗尼"，美国著名爵士乐小号手，年仅 25 岁便死于车祸。虽然职业生涯非常短暂，但是布朗出色的演奏技术对后世的爵士乐小号手产生了深远的影响。除了小号手之外，布朗还是出色的爵士乐作曲家。

❷ 他加禄语，在语言分类上属于南岛语系的马来-波利尼西亚语族，主要在菲律宾使用。被当成菲律宾国语及官方语言之一的所谓 "菲律宾语"（Filipino），正是以他加禄语为主体发展出来的。

说仅仅只有两年。或者也可以说，长达两年。当然，看法是会产生变化的，说是相处，我们每个月也只见两三次面。她有她的事，我有我的事。遗憾的是，那个时候我们谁都不是十四岁了，很多类似的事情最终导致我们没能成。我并不想离开她，在我想使劲抱住她的时候，水手们在浓密的暗影中朝地毯撒下了图钉。

关于 M，我至今记得最清楚的是她喜欢"电梯音乐"。经常在电梯里放的音乐——也就是珀西·费斯（Percy Faith）❶、曼托瓦尼（Annunzio Paolo Mantovani）❷、雷蒙德·勒费弗尔（Raymond Lefèvre）❸、法兰克·查克斯菲尔德（Frank Chacksfield）❹、弗朗西斯·莱（Francis Lai）❺、

❶ 珀西·费斯（1908年4月7日—1976年2月9日），加拿大乐队指挥、管弦乐演奏家和作曲家。他为普及"轻音乐"（easy listenning）和"气氛音乐"（mood music）做出了很多努力。20世纪40年代，他前往美国发展，先后效力于美国全国广播公司（NBC）、迪卡唱片公司（Decca）和哥伦比亚唱片公司（Columbia），为众多当红歌星作曲和编曲的同时，自己也灌录了一系列纯音乐专集。

❷ 阿努恩佐·波罗·曼托瓦尼（1905年11月15日—1980年3月29日），意大利裔英国人，通俗乐队指挥家、编曲者、小提琴演奏家。1935年，30岁的曼托瓦尼创建了一个以弦乐为主的庞大管弦乐团，并亲自担任指挥。在这里，他巧妙地依靠管弦乐队中的弦乐器，找到了一种富有特殊色彩的音响，这种富有特色的弦乐演奏，使他的音乐流传世界各地。多年来，曼托瓦尼和他的乐队演奏录制了众多轻音乐曲、舞曲、民间音乐等。其中大部分都是由曼托瓦尼改编或创作的，因此人们称他们的音乐为曼托瓦尼之声。曼托瓦尼本人也被誉为情调音乐之王。

❸ 雷蒙德·勒费弗尔（1929年11月20日—2008年6月27日），法国轻音乐管弦乐团指挥和作曲家。由其管弦乐团于1968年录制并发行的管弦乐曲"Ame Caline"（Soul Coaxing）成为享誉世界的轻音乐经典。

❹ 法兰克·查克斯菲尔德（1914年5月9日—1995年6月9日），英国钢琴家、风琴演奏家、作曲家和流行管弦"轻音乐"指挥家。查克斯菲尔德是国际知名度最高的英国乐团指挥家，由其指挥录制的轻音乐唱片在全世界售出了两千多万张。

❺ 弗朗西斯·莱（1932年4月26日— ），法国手风琴师和电影配乐作曲家，法国国宝级的配乐大师。他为《男欢女爱》、《在法国的13天》、《雨中的乘客》、《爱情故事》和《少女情怀总是诗》等多部影片创作的电影配乐均广受好评，让他赢得众多奖项。他为《在法国的13天》这部电影创作的主题曲《白色恋人》在2002年出现在韩剧《冬日恋歌》中，迅速受到广大中国年轻人的喜爱。

101 管弦乐团（101 Strings）❶、保罗·莫里哀（Paul Mauriat）❷、比利·沃恩（Billy Vaughn）❸ 那一类的音乐。（如果让我说）她宿命般地喜欢这种无害的音乐，行云流水的弦乐器群，舒适心怡的木管乐器，加上弱音器的铜管乐以及温馨如水的竖琴声，那种悠扬可爱的旋律，犹如糖点吃进嘴里所获得的绝妙感受，余音缭绕不绝。

我一个人开车的时候，常听摇滚或者布鲁斯，像德里克和多米诺骨牌乐队（Derek and the Dominos）❹、奥蒂斯·雷丁（Otis Redding）❺、大门乐队（The Doors）❻ 什么的，但绝对不让 M 听这些。我经常带上一打电梯音乐的磁带，放在纸袋子里，从头放起。我们兜风几乎没有目的，她听弗朗西斯·莱的《白色恋人》时，嘴唇静静地合着拍子嚅动，口红

---

❶ 101 管弦乐团，一支极富盛名的"轻音乐"交响乐团。从 1957 年初创建以来，该团已经录制了上百张专辑。他们的音乐非常独特，旋律美妙，音色纯净清新，令人愉悦放松。该团拥有 124 种管弦乐器，除了竖琴，其他乐器均由男性弹奏。乐团指挥是威廉·斯蒂芬。

❷ 保罗·莫里哀（1925 年 3 月 4 日—2006 年 11 月 3 日），法国乐团指挥，轻音乐大师。1944 年，19 岁的保罗开始了通俗乐队的指挥生涯。1965 年，他组建了自己的乐团——保罗·莫里哀轻音乐团，该团为世界著名三大轻音乐团之一。

❸ 比利·沃恩（1919 年 4 月 12 日—1991 年 9 月 26 日），20 世纪 50 年代至 60 年代初美国最有名气的流行管弦乐团指挥家和流行音乐编曲家。在那个摇滚年代，他比其他管弦乐指挥大师拥有更多顶尖作品。作为一名流行乐编曲家，他最大的特点就是干净利落地把摇滚歌曲或 R&B 歌曲改编成主流乐曲。

❹ 德里克和多米诺骨牌乐队，一支成立于 1970 年春天的蓝调摇滚乐队。主要成员为吉他手兼歌手埃里克·克拉普顿、键盘手兼歌手博比·惠特洛克、贝斯手卡尔·雷德尔和架子鼓手吉姆戈登。该乐团唯一一张录音室专辑《Layla and Other Assorted Love Songs》被誉为史上最佳摇滚唱片之一。

❺ 奥蒂斯·雷丁（1941 年 9 月 9 日—1967 年 10 月 10 日），美国著名唱作人、唱片制作人、编曲人和星探。他被誉为美国流行音乐史上最伟大的歌手之一以及灵魂音乐（Soul）和节奏蓝调（Rhythm and Blues）界的大师。1967 年，年仅 26 岁的奥蒂斯·雷丁死于飞机失事。四千五百位歌迷和亲友参加了他的丧礼。

❻ 大门乐队，一支于 1965 年在洛杉矶成立的美国摇滚乐队。由主唱吉姆·莫里森、键盘手雷·曼札克、架子鼓手约翰·丹斯莫和吉他手罗比·克里格组成，乐风融合了车库摇滚、蓝调与迷幻摇滚。主唱莫里森模糊、暧昧的歌词与无法预期的舞台人格，使得大门乐队成为音乐史上颇受争议的乐团。

淡淡的，很美很性感的模样，令人心醉。她有一万盘电梯音乐的磁带，她掌握了庞大的关于全世界无罪音乐的知识，足以开设一座"电梯音乐博物馆"了。

做爱的时候也是这样，总是放着电梯音乐。我一边抱着她，一边听珀西·费斯的《夏日之恋》，也不知听了多少遍。我说出这事有些害羞，但至今一听到这首曲子，就会有性冲动，呼吸急促，脸发热。一边听珀西·费斯的《夏日之恋》的前奏，一边能有性冲动的男人，世界上恐怕也就是我一个。不对，她的丈夫或许也如此，先把那个间(spazio)❶ 留下来。一边听珀西·费斯的《夏日之恋》的前奏，一边能有性冲动的男人，找遍全世界，大概（加上我）也就两个人。重复说下，也好。

间。

有一回，M跟我说："我喜欢这种音乐主要是因为间的问题。"

"间的问题？"

"也就是说，一听到这种音乐，我就好像置身在一个什么都没有的

---

❶ 指五线谱上五条线之间的空白地带。五线谱由等距离的五条平行横线组成。这五条线由下至上依次叫做"一线"、"二线"、"三线"、"四线"、"五线"。由五条线所形成的间隙，叫做"间"，"间"由下至上依次叫做"一间"、"二间"、"三间"、"四间"。五线谱的每条线和每个间上所记录的音有固定的音高。

间里，那里真是空空如也，没有隔断，没有墙壁，没有天棚。我在那里可以什么都不想，什么都不说，什么都不做。只要人在那里就行。闭上眼睛，全身沉浸于美丽的弦乐声之中。没有头痛，没有容易着凉的体质，没有月经，没有排卵期。这里的一切只是美丽、安详，不会叫人消沉。也没有一件被要求做的事情。"

"好像是在天国？"

"是的。"M回答，"天国里的BGM❶一定放的是珀西·费斯的音乐。我说，你能再帮我揉下背吗？"

"好的。当然。"我说。

"你揉背揉得真好。"

我不让她知道跟亨利·曼西尼（Henry Mancini）❷面对面。嘴角露出一丝微笑。

每当我一个人开车的时候，就觉得也失去了电梯音乐。会不会在等信号灯的时候，有个不明来路的女孩儿一下子打开车门，坐到副驾驶席上，什么也不说，也不看我的面孔，然后把《夏日之恋》的磁带硬塞进汽车播放器呢？我甚至梦到过这个情景。当然，这是不会发生的。第

---

❶ 背景音乐。

❷ 亨利·曼西尼（1924年4月16日—1994年6月14日），美国作曲家与指挥家。他最为人们所知的是为许多电影和电视剧写的配乐。最著名的是电影《蒂凡尼的早餐》主题歌《月亮河》，系列电影《粉红豹》和电视剧《Peter Gunn》的配乐。在他死后的1995年，格莱美颁发给他终身成就奖。2005年，《粉红豹》的配乐入选《AFI百年百大电影配乐》。

一，现在已经没有放磁带的播放器了，我现在开车，都用 USB 数据线连接 iPod 听音乐。其中当然没有珀西·费斯和 101 管弦乐团，但有街头霸王（Gorillaz）❶ 和黑眼豆豆（The Black Eyed Peas）❷。

　　失去一个女人，就是这样。当你失去一个女人时，就好似失去了所有女人。我们也就这样变成了没有女人的男人们。我们还失去了珀西·费斯和弗朗西斯·莱，还有 101 管弦乐团，失去了菊石和矛尾鱼，当然连她漂亮的后背都失去了。我一边听着亨利·曼西尼指挥的《月亮河》，一边轻轻地打着拍子，用手心一直揉 M 的后背。我亲爱的朋友。在小河的转弯处等候着……可这些东西都已消失了，不知去向。现在所剩下的只有半块旧橡皮，还有从远处传来的水手们的哀歌。当然，还有喷水池的边上，直指天空，向孤独挺起角的独角兽。

　　M 现在在天国——或者在类似的地方——正在听《夏日之恋》，没有隔断。据说宏大的音乐与她温柔地相拥，但像杰弗逊飞机乐队

---

❶ 街头霸王，由英国音乐人戴蒙·亚邦和英国漫画家杰米·休利特一同合作创造出来的一支虚拟乐队。乐队成员皆为漫画人物：2D（主唱）、Murdoc（贝斯手）、Noodle（吉他手）和 Russel Hobbs（鼓手）。他们的演奏风格是各种曲风的大融合。其首张专辑《Gorillaz》发行于 2001 年，卖出了七百多万张。这次大卖使得"街头霸王"作为"史上最成功的虚拟乐队"入选吉尼斯世界纪录。

❷ 黑眼豆豆合唱团，一支美国嘻哈乐团。乐团成员有 will. i. am, apl. de. ap, Taboo 和 Fergie。乐队不断追求创新，在原有的嘻哈音乐的基础上，陆续加入 R&B、流行乐和电子舞曲（EDM）的元素，推出的唱片获得了广泛好评，销量不俗。

(Jefferson Airplane)❶ 什么的却没有播放，（我期待神大概不会那么残酷）。我期待她一边听《夏日之恋》的小提琴拨弦，一边想起我，但我不能期待过多。即使没有我，我也祈祷 M 在天国与那永垂不朽的电梯音乐在一起，幸福而安宁地生活。

　　作为没有女人的男人们中的一个，我衷心地祈祷。除此之外，好像再没有能做的事，此时此刻，大概。

---

❶ 杰弗逊飞机乐队，旧金山最早为全美国熟知的迷幻摇滚乐队，他们代表了一个时代。乐队由创作歌手马蒂·巴林于 1965 年夏天成立，成员共六人。起先他们在俱乐部演奏一些民谣摇滚和披头士的歌曲，后来与 RCA 唱片公司签约。1966 年，乐队在 RCA 旗下发行专辑《Takes Off》，在商业上小有收获。20 世纪 60 年代，乐队参加了三场美国知名摇滚音乐节（1967 年蒙特利音乐节、1969 年伍德斯托克音乐节和 1969 年阿尔塔蒙特音乐节）和 1968 年英国怀特岛音乐节。乐队 1967 年发行的专辑《超现实主义枕头》（Surrealistic Pillow）是其代表作，其中的两首单曲《Somebody to Love》和《White Rabbit》入选《滚石》杂志"史上最伟大的 500 首歌"。

失去的和没有失去的，
不同的和相同的

（译后记）

林少华

短篇集《没有女人的男人们》是村上春树最新的小说作品，书中收有七部短篇。书名虽然直译应为"没有女人的男人们"（女のいない男たち），但通读之下，觉得"失去女人的男人们"在内容上与之更为接近。作为汉语，"没有女人"有可能意味一开始就没有，但书中的男人们并非如此。有，失去了，或快要失去了——已然失去或即将失去女人的男人们是怎样的呢？村上在这里把镁光灯打在这几个男人身上，以第三人称或以旁观者的眼睛捕捉其心态和生态，于是产生了您手中这本短篇小说集。

第一篇《驾驶我的车》（Drive My Car）中的男人——名字叫家福——失去的是太太。太太和他同是演员，一位"正统风格的美女演员"，四十九岁那年因子宫癌使得丈夫永远失去了她。小说的戏剧性在于，家福在失去太太之后同太太的第四个情人（也是演员）交上了朋友，以便搞清太太生前何以非同他上床不可。但直到最后也未如愿。因为家福没能从对方身上发现对方具有而自己不具有的东西："不是什么了不得的家伙。性格或许不差，一表人才，笑容也不一般。至少不是见风使舵的人。但不足以让人心怀敬意。正直，但缺少底蕴。有弱点，作为演员也属二流。"而自己的太太"居然为什么也不是的男人动心，投怀送抱。这是为什么呢"？最后给予回答的，是他临时雇用的司机即"驾驶我的车"的二十四岁北海道女孩："您太太大概并没有为那个人动什么心吧？所以才睡。"并且补充一句："女人是有那种地方的。"还说："那就像是一种病，家福先生，那不是能想出答案的东西。"身为演员的家福最后总结说"我们都在表演"。小说至此结束。

第二篇《昨天》（Yesterday），和第一篇的篇名同样来自英国披头士乐队的摇滚乐。男主人公木樽失去的是女朋友。为考大学复读的木樽打工时同"我"成了好朋友，一再劝"我"同他的女朋友、漂亮的大一女生惠理佳幽会。"我"与惠理佳幽会后过了两个星期，木樽不知去向。十六年后我见到惠理佳，问她当时是否同木樽以外的人发生了性关系。惠理佳回答"yes"，而且时间是在同我"幽会"后的一个多星期。"我"告诉惠理佳木樽是个直觉相当好的人。木樽大概因此离开了惠理佳，或者说他以主动离开的方式失去了女朋友。导致失去的原因其实很简单：惠理佳对性怀有"好奇心、探求心"，想触摸其"可能性"，而木樽却因为和对方是青梅竹马之交而止步不前。

第三篇《独立器官》失去的是情人。五十二岁的美容医师渡会是个铁杆独身主义者，不结婚，亦不同居。但时不时同女性幽会。而且幽会期间一旦对方流露结婚意向，当即闪身退出。也是由于这个原因，他选择的对象多是已婚或有固定男友的女子。然而到底有一个比他小十六岁的已婚女子让他生来第一次堕入情网。每次想到可能失去对方，大脑便一片空白。但对方最终离他而去，并且不是回到丈夫身旁，而是去了第三个男人那里，以往对他说的全是谎言——用这位美容医师的话说，女性天生拥有用于说谎的类似特殊独立器官那样的东西——美容医师随即不吃不喝，将自己逼入绝境。

《山鲁佐德》，篇名当然来自《一千零一夜》。不知何故处于半软禁状态的男主人公羽原同"山鲁佐德"做爱之后，对方每次都要讲一个奇异的故事。其中一个是她高中时代三次潜入自己暗恋的男生家里的故事。第三次甚至把卫生棉条藏在男孩书桌抽屉深处。第四次去时因房门换锁未能得手。而当她不再潜入男生家之后，原来怀有的那般汹涌澎湃的恋情也像退潮一样渐渐消失。但故事并未完结。"山鲁佐德"说她读护理学校二年级时和那个男孩不期而遇。约定下次来时继续下文。羽原在她走后心想下次她不来该如何是好呢？小说到此戛然而止——男主人公是否失去她尚不清楚。即使失去了，失去的她也和前面的不同，不是太太，不是恋人，也不是情人。

第五篇《木野》失去的明显是太太。主人公木野某日出差回家推门一看，太太正和自己的一个同事在床上干得热火朝天。木野直接提着旅行包离家走了，租姨妈的房子开了一间酒吧。后来太太来酒吧谈协议离婚，木野问她何时开始同对方上床的。太太避而不答，只说自己和木野的关系一开始就好像扣错了纽扣。

第六篇《恋爱的萨姆沙》，日文原版没有收入，是作者方面为海外版追加的一篇。因此与其他六篇有所不同。男主人公萨姆沙的恋爱——如果能称之为恋爱的话——刚刚开始，失去阶段尚未到来。至少文本中找不到任何可能失去的暗示。

那么第七篇和书名相同的《没有女人的男人们》失去的是谁呢？深更半夜忽有电话打来，一个男子告诉"我"："她死了。"十四岁开始喜欢的女同学 M 永远离开了这个人世，"我"觉得十四岁时的自己也随之失去了，自己成了"世界上第二孤独的男人"。

其实，据村上在日文原版前言中介绍，第六篇《恋爱的萨姆沙》是最先写的。"此前我出的短篇集是《东京奇谭集》。那是二〇〇五年的事。所以这是时隔九年的短篇集。那期间断断续续写了几部长篇小说。不知何故，没产生写短篇小说的念头。但迫于需要，去年（2013 年）春天久违地写了短篇（《恋爱的萨姆沙》），意外觉得乐在其中（所幸写法没有忘记）。这么着，夏日里我转而心想差不多该集中写写短篇了，毕竟长篇也写累了。"于是接下去一口气写了六个短篇。其中四篇在日本颇有影响的综合性文艺月刊《文艺春秋》首发，《山鲁佐德》一篇刊于村上的"畏友"、原东京大学文学部教授柴田元幸主办的"新感觉"文艺刊物《MONKEY》。而篇名就叫《没有女人的男人们》这篇则是在结集之际专门写的。

包括这部在内，村上迄今恰好出了十部短篇集：《去中国的小船》

（1983）、《遇到百分之百的女孩》（1983）、《萤》（1984）、《旋转木马鏖战记》（1985）、《再袭面包店》（1986）、《电视人》（1990）、《列克星敦的幽灵》（1996）、《神的孩子全跳舞》（2000）、《东京奇谭集》（2005），以及《没有女人的男人们》（2014）。如果说前面七部是"各自为战"，那么，后面三部之间则大体有一条"联合阵线"或若隐若现的主题。依村上本人的说法，《神的孩子全跳舞》的主题是"一九九五年神户地震"，《东京奇谭集》的主题是"围绕都市生活者的奇谈怪事"，这部短篇集的主题则是"失去女人的男人们"——由于各种各样甚至不知什么样的原因被女人抛弃或快要抛弃的男人们。至于为什么非写这个不可，作者本人也不明所以。"一来那种具体事件近来并未实际发生在我的身边（谢天谢地），二来我也没见过那样的实例。我只是想把那类男人的形象和心情急不可耐地加工敷衍成几个各不相同的故事。"

一如不少作家——中国作家也好外国作家也好——进行文学创作时往往有一个秘密武器或者特殊灵感，村上也不例外。对此，村上称为"私人性契机"。他在原版前言中写道，一旦有了那个契机，某种意象即刻涌上心间，几乎即兴式写得水到渠成。"我的人生时而有这种情况。有什么发生了，那一瞬之光活像照明弹将平时肉眼看不见的周围景致纤毫毕现地照得历历在目。那里的生物，那里的无生物。为了将这鲜活的彩釉迅速描摹下来，我就势伏案，一口气写出框架式文章。对小说家来说，能有那种体验是比什么都让人高兴的。自己身上依然存在本能性故事矿脉，有什么赶来把它巧妙地发掘出来了——我可以切实感觉到，可以相信那种根源性光照的存在。"他同时表示，"之于我最大的快慰——集中写短篇小说时每每如此——莫过于可以在短时间里将各种手法、各种文体、各种语境（situation）一个接一个尝试下去。可以从种种样样的角度对同一主题进行立体式审视、追索、验证，可以用种种人称写种种人物。"

　　不用说，进行如此"尝试"的最新成果即是这部短篇集。所要审视、追索、验证的主题依然是孤独，"失去女人的男人们"的孤独。关键词是失去或消失。自不待言，"消失"也是村上文学世界一以贯之的关键词。羊的消失，象的消失，猫的消失，蓝色的消失，记忆的消失，名字的消失，影子的消失，朋友的消失，恋人的消失，老婆的消失。而且往往消失得那么始料未及，那么踪影皆无，那么匪夷所思。不过，关键词同是消失或失去的这部短篇集，与以往不同之处也是有的。一是，村上以往作品中的消失，用村上的话说，大多——当然不是全部——"几乎不含有悲剧性因素"。不含有悲剧造成的痛苦，而仅仅是一种不无宿命意味的无奈，一丝伴随诗意的怅惘，一声达观而优雅的叹息。而这部短篇集中的《独立器官》，五十二岁的男美容医师却因女方的消失而痛苦万分，最终绝食而死。不妨说，"独立器官"使得他整个人失去了"独立性"。而对《驾驶我的车》中的家福来说，太太的失去给他带来了永与痛苦相伴的不解之谜。《山鲁佐德》中的男人则觉得"山鲁佐德"的失去将使得自己陷入无比悲痛的漩涡。换言之，失去女人的男人们的孤独已不再是可以把玩的温吞吞的相对孤独，而成了拒绝把玩的冷冰冰的绝对孤独。

第二点不同的是，这部短篇集中的大部分主人公任凭对方失去、消失而不再设法寻找。说起来，村上以往作品的主题，较之消失，更侧重于寻找。在《1973 年的弹子球》中寻找月台上的狗和弹子球机；在《寻羊冒险记》中寻找背部带有星形斑纹的羊；在《世界尽头与冷酷仙境》中寻找古老的梦和世界尽头的出口；在《舞！舞！舞！》中寻找老海豚宾馆和妓女喜喜；在《国境以南 太阳以西》中寻找十二岁时握"我"的手握了十秒钟的岛本；在《奇鸟行状录》中寻找突然失踪的猫和离家出走的老婆；在《斯普特尼克恋人》中寻找曾经给我以"无比温存的抚慰"的女孩堇；在《1Q84》中青豆寻找天吾、天吾寻找青豆；而在《没有色彩的多崎作和他的巡礼之年》中就更不用说了，多崎作几乎从头到尾寻找高中时代"五人帮"的其他四人。可以断言，村上文学的主题之一就是失落与寻找，并在这一过程中确认记忆和自我身份的同一性，确认"生与死的意义、真实的本质、对时间的感觉与记忆及物质世界的关系"（杰·鲁宾语）。

相比之下，这部短篇集大多放弃了寻找的努力。《驾驶我的车》中的家福放弃找回妻子清白之身的努力，至少客观上任凭妻子跟除他以外的四个男人上床；《昨天》中的男主人公在察觉女友同其他男人发生关系时选择了主动离开；《独立器官》中的男美容医师在情人弃他而去之后自行结束生命；《木野》中的木野目睹妻子同他人做爱的场景而悄然离家出走……凡此种种，全然没有了《奇鸟行状录》的"我"为找回老婆而表现出的积极性和不屈不挠的执著。其结果，我们看到的几乎全是孤独地品尝苦果的"失去女人的男人们"。村上在此想向我们传达怎样的信息、怎样的生命体验和人生感悟呢？对于配偶或女友另一种性需求的理解与宽容？对于自我疗伤艰巨性和必要性的诉求？对爱与孤独、爱与救赎之主题以至复杂人性的深度开掘？抑或对于真相永在彼岸的虚无和对任何人都存在理解死角这一见解的认同？

不过，和往日作品相同之处也是隐约可见的，甚至不无自我重复之嫌。《驾驶我的车》的二十四岁北海道女孩隐约复印出《舞！舞！舞！》中态度冷静而似乎全知全能的雪的面影；《昨天》中主人公木野和他的女朋友惠理佳之间的微妙关系，同《挪威的森林》中渡边和直子之间未尝没有相通之处；《独立器官》中的男美容医师形象令人想起《列克星敦的幽灵》中的美国建筑设计师凯锡；《木野》中开酒吧的木野和奇特的客人仿佛《奇鸟行状录》开店的"我"和"我"的舅舅，一高一矮两个"暴力团"分子的说话语气像极了《世界尽头与冷酷仙境》中的大块头与小个子。而最大的相同之处则在于，村上放弃了自二十年前《奇鸟行状录》开始、历经《地下》及其续集《在约定的场所》而持续推进到《1Q84》的"撞墙"主题，即放弃了笔锋直指日本战前军国主义体制运作方式即国家性暴力的源头及其当下表现形式这一主题。转而回归"挖洞"作业，回归通过在个体内部"深深挖洞"而追问个人生命的自我认同和"自我治疗"的"挖洞"主题原点。这在《没有色彩的多崎作和他的巡礼之年》已有明显表现，而在这部短篇集中彻底返回他的"文学故乡"。一句话，村上不再解剖体制，重新解剖自己。

　　我以为，较之主题的发掘力度、情节设计的独出机杼和人物形象的别开生面，这部短篇集一个真正出色之处恐怕更在于一如既往对细节的经营，在于其中细小的美学要素及其含有的心理机微的提示。借用普林斯顿大学授予村上荣誉博士的评语：村上春树"以文学形式就日常生活的细节做出了不可思议的描写，准确地把握了现代社会生活中的孤独感和不确定性"。而村上作品英译本主要译者之一、哈佛大学教授杰·鲁宾早就指出："村上最出色的成就就是体察出了市井小民生活中的玄秘和疏离"。中国作协李敬泽 2013 年就诺贝尔文学奖回答《瑞典日报》时的说法也近乎异曲同工：村上大约是一位飞鸟型的轻逸的作家，"他不是靠强劲宽阔的叙事，他只是富于想象力地表达人们心中飘浮着的难以言喻的情绪。他的修辞和隐喻，丰富和拓展了无数人的自我意识"。

　　另一个出色之处，我想仍在于其特有的语言风格或"村上式"文体。尤其对我这个译者来说，执笔翻译当中，不由得再次为他的文体所折服——那么节制、内敛和从容不迫，那么内省、冷峻而又隐含温情，那么轻逸、空灵而又不失质感。就好像一个不无哲思头脑的诗人或具有诗意情怀的哲人安静地注视湖面，捕捉湖面——用《舞！舞！舞！》中的话说，"如同啤酒瓶盖落入一泓幽雅而澄澈的清泉时所激起的"——每一道涟漪，进而追索涟漪每一个微妙的意趣。换言之，内心所有的感慨和激情都被平和恬适的语言包拢或熨平。抑或，村上式文体宛如一个纹理细腻的陈年青瓷瓶，火与土的剧烈格斗完全付诸艺术逻辑和文学遐思。说来也怪，日本当代作家中，还是翻译村上的作品更能让我格外清晰地听得中文日文相互咬合并开始像齿轮一样转动的惬意声响，更能让我真切地觉出两种语言在自己笔下转换生成的实实在在的快感，一如一个老木匠拿起久违的斧头凿子对准散发原木芳香的木板。是的，这就是村上的文体。说夸张些，这样的文体本身即可叩击读者的审美穴位而不屑于依赖故事情节。

"感谢在过往人生中有幸遇上的许多静谧的翠柳、绵软的猫们和美丽的女性。如果没有那种温存那种鼓励，我基本不可能写出这样一本书。"村上就这本书这样说道。那么我得以翻译村上四十几本书应该感谢谁、感谢什么呢？感谢村上和村上式文体。不无遗憾的是，文体这一艺术似乎被这个只顾突飞猛进的浮躁的时代冷漠很久了。而我堪可多少引以为自豪的一个小小的贡献，可能就是用汉语重塑了村上文体，再现了村上的文体之美。

好了，就此打住。一来由于出版社之约，二来出于多年来的习惯，遂不揣浅薄，率尔作跋。词意或有不逮，看法或有不周，尚祈斧正，有以教之。

二零一四年十二月十八日于窥海斋

时青岛海风呼啸洪波涌起